故事就是历史

神话的故事

健 君 ◎ 编著

中州古籍出版社

图书在版编目(CIP)数据

神话的故事 / 健君编著. —— 郑州：中州古籍出版社，2014.1
（故事就是历史）
ISBN 978-7-5348-4554-3

Ⅰ.①神… Ⅱ.①健… Ⅲ.①神话—作品集—中国 Ⅳ.①I277.5

中国版本图书馆 CIP 数据核字 (2013) 第 305415 号

出版社：中州古籍出版社
（地址：郑州市经五路 66 号　邮政编码：450002）
发行单位：新华书店
承印单位：永清县晔盛亚胶印有限公司
开本：787mm×1092mm　1/16　　印张：12
字数：156 千字
版次：2014 年 1 月第 1 版　　印次：2014 年 1 月第 1 次印刷

定价：29.80 元

本书如有印装质量问题，由承印厂负责调换。

前　言

　　曾几何时,我这样想,如果能够像读故事一样来读历史,那该是一件多么惬意的事情啊!

　　人们常说"以史为鉴",意思是历史是一面镜子,可以映照出许多道理。但历史是人写的,它的客观程度决定于历史撰写者的观点、立场和态度。掌握权力或身处其中的历史当事人,总以为自己德比尧舜,不允许他人去评说自己的过失。他们利用权力,命令一批御用文人去粉饰太平,为他们歌功颂德、树碑立传。因此,历史由后人评述,总归要比自己评自己客观一些。

　　现在,许多人开始讲历史,但这些人不一定都是史学家。他们讲的与其说是"历史",不如说更像"故事",只是其中不乏有价值的历史资料。然而各年龄层的人却乐于听这样的"历史",因为这些"历史"更引人入胜。可见故事和历史是相通的。

　　我们策划本丛书的目的,就是通过故事的形式,让读者来了解传统文化。当文明之光照耀中华大地时,辉煌的历史也开始了新的篇章。当我们看到熟悉的汉字记录的一个个历史事件时,仿佛又回到了历史长河中,亲身感受历史脉搏的跳动,这就是历史的魅力。我们从历史故事中获取知识,吸取教训,寻找未来前进的方向。读一读历史吧,它对我们每个人的未来都有着巨大的影响。

目 录

第一章　中国神话故事

盘古初建天地 ………………………………………… 3
女娲造人的传说 ……………………………………… 5
愚公移山的神话 ……………………………………… 8
神农尝草验药性 ……………………………………… 10
勤于动脑的黄帝 ……………………………………… 13
第一颗火种 …………………………………………… 16
信守承诺的马头娘娘 ………………………………… 19
夸父追日 ……………………………………………… 22
造字的仓颉 …………………………………………… 25
持之以恒的精卫 ……………………………………… 28
挑战权威的刑天 ……………………………………… 31
望帝化鹃的告诫 ……………………………………… 34
后羿怒射九日 ………………………………………… 36
嫦娥奔月的传说 ……………………………………… 40
后羿与洛神分离 ……………………………………… 43
后羿之死 ……………………………………………… 47
观世音的前世 ………………………………………… 51

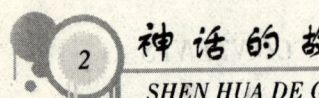

大头怪成仙 ………………………………… 55

灶神传说 ……………………………………… 59

自愿为民请命的土地爷 …………………… 63

为人称道的干将莫邪 ……………………… 68

天女散花装扮人间 ………………………… 72

关公的红颜长须 …………………………… 75

门神是怎么来的 …………………………… 80

白素贞和许仙的凄美爱情 ………………… 83

第二章　外国神话故事

救苦救难的耶和华 ………………………… 95

偷吃禁果的亚当与夏娃 …………………… 97

神奇的诺亚方舟 …………………………… 101

半途而废的巴别塔 ………………………… 104

有勇有谋的力太郎 ………………………… 107

盲老人有智慧 ……………………………… 114

雅典城市从何而来 ………………………… 119

大熊星与小熊星的来历 …………………… 122

桂冠的出处 ………………………………… 125

女孩变蜘蛛 ………………………………… 128

爱歌被惩罚 ………………………………… 131

善有善报的桃太郎 ………………………… 133

太阳和月亮为何在天上 …………………… 138

感动天神的乞丐 …………………………… 140

阿里巴巴战胜四十大盗 …………………… 143

被生活历练的女英雄 ……………………… 155

第三章　孩子最喜欢的神话

状元亭 …………………………………………… 161
火神祝融 ………………………………………… 163
祝融胜共工 ……………………………………… 167
鲤鱼跳龙门 ……………………………………… 169
巫山神女 ………………………………………… 171
孟姜女的传说 …………………………………… 175
刘海戏金蟾 ……………………………………… 180
螺女逃婚 ………………………………………… 182

第一章 中国神话故事
Chapter 1

　　中国神话故事是中国古代人们经过长期的社会实践,在劳动生活的过程中创造出来的一种文学样式。它是人类幼年时期通过幻想对天地宇宙、人类起源、自然万物、生命探索、部族战争、劳动生活的稚拙的解说。中国神话故事展现了中国古代人们对天地万物天真、朴素、真诚、美好的艺术想象,反映了人们对美好生活的向往和追求。中国神话故事在民间口耳相传。它的神奇、瑰丽,反映出无穷的艺术魅力。

第一章　中国神话故事
Chapter 1

盘古初建天地

还是太古时代,天和地合在一起,宇宙还是混沌的一团,就像一个硕大的鸡蛋一样,里面没有东西南北、没有日月星辰、没有江河湖泊,更没有人类。时光飞逝,不知道过了多少个日日夜夜,这个"大鸡蛋"中终于孕育出了一个叫盘古的神灵,他就是我们人类的祖先。他在"大鸡蛋"里吸收着营养,就像妈妈肚子里的婴儿一样,无忧无虑地睡着、生长着。

一万八千年很快过去了,盘古从一个婴儿成长为一个奇大无比的巨人。有一天,他突然苏醒过来,睁眼一看,到处是漆黑的一片,看不见任何东西。

他想舒展一下蜷曲了一万八千年的筋骨,可是"大鸡蛋"就像鸟笼一样束缚着他,使他动弹不得。他觉得非常难受,就把全身的力气都用上了向前撞过去,可鸡蛋只是略微晃动了一下,又快速恢复了原状。

愤怒的盘古张开巨大的双手到处乱抓乱摸,突然摸到一个硬邦邦的东西,原来是一把大板斧。他也顾不了那么多了,抓起板斧向"鸡蛋"砸去,只听得"轰隆"一声巨响,"大鸡蛋"顷刻间被砍开一个大缝儿,耀眼的光芒从裂缝中射了进来。"大鸡蛋"中有些轻而清的东西,冉冉上升,变成了天;另外有些重而浊的东西,沉沉下降,变成了地。盘古开心的放声欢呼起来。可欢呼还没结束,那个裂缝就一点点地变小了,这下盘古可着急了,生怕天地会再次合拢,世界会重归黑暗。于是,盘古连忙又开双脚,稳稳站住,头顶天,脚踏地,天每天升高一丈,盘古的身高随着增长一丈。

就这样,盘古孤独地站在天地中,不分昼夜地工作着。又是一个一

万八千年过去了,这时候盘古的身体已经是一万八千丈了,而同时盘古发现头顶的黑暗,已经变成了湛蓝色的天空;脚下也已经变成了黄褐色的大地,世界变得清晰无比,天地已经不会再合拢了。

啊!太伟大了,如此漂亮的世界竟然是自己创造的!从此,黑暗再也没有出现在天地间了。此时,盘古已经筋疲力尽了,他长长地舒了一口气,慢慢地躺在大地上,含着微笑闭上了沉重的眼睛。就像我们人类一样,他也有死去的一天。

在他临死前,他的周身开始发生奇异的变化:他的左眼变成了火热的太阳,照耀大地;右眼变成了皎洁的月亮,驱散黑暗;他的头发和胡须散向天空,化成了满天星斗,点缀着美丽的夜空;他嘴里呼出的气息,变成了清风薄雾,催动着万物的生长;他高亢的声音,变成了惊雷闪电,演奏出壮丽的乐章;他雄伟的身躯和粗壮的四肢变成了连绵起伏的三山五岳;赤热的鲜血变成奔腾不息的江河湖海;结实的肌肉变成千里沃野,供万物生长;坚硬的骨骼变成树木花草,供人们欣赏;洁白的牙齿变成石头和金属,供人们使用;珍贵的精髓变成明亮的珍珠,供人们收藏;辛勤的汗水变成雨露,滋润万物;呼出的空气变成轻风和白云,汇成美丽的人间风光……盘古成就了开天辟地的伟业,人们尊他为英雄一点也不为过。

以前的世界没有天地之分,只是一片混沌,漆黑一团,盘古被裹在中间,一动也不能动。于是盘古凭借自己的力量,开天辟地,创造了一个美丽的世界,虽说牺牲了自己的生命,但他的人生却很有意义。在生活中,我们也要树立一个远大的目标,只有有所追求,我们的生活才有意义。

女娲造人的传说

盘古开天辟地以后,世界上除了人类其它的都有了,有日月星辰,有山川草木,后来还有鸟兽鱼虫。不知什么时候,天地间出现了一个神通广大的女神,名叫"女娲"。

开始,女娲在这莽莽的原野上行走。她放眼望去,山岭起伏,江河奔流,丛林茂密,草木争辉,天上百鸟飞鸣,地上群兽奔驰,水中鱼儿嬉戏,这世界按说也点缀得相当美丽了,但女娲总感到有一种说不出的寂寞。日子一天天过去了,她的孤寂感越来越强烈,连她自己也不知道是为什么。

有一次,女娲来到河边洗脸。忽然,她发现澄澈的水中除了平时常见的小鱼外,还有一个忽隐忽现的影子。女娲冲这个影子笑,这个影子也冲她笑;她皱眉,影子也跟着皱眉;她离开水边,招呼影子随她过来,影子却没了。女娲灵机一动,世间各种生物都有了,偏偏没有和自己一样的生物,如果能创造出像自己一样的生物,这个世界肯定就会热闹起来。

但是,该如何创造他们呢?她随手在河边抓起一把泥浆,边团边想。水中的影子愁眉苦脸地望着女娲,女娲也愁眉苦脸地望着它。"嘿,有了!"女娲看着手中的泥团,一个念头油然而生,"我为什么不照着这个影子捏个泥人呢?"

女娲心灵手巧,她很快将手中的泥团揉成了一个娃娃样子的小东西,然后照着水中的影子捏了鼻子、眼睛、嘴,又捏了胳膊、腿、脚、手。只一会工夫,女娲的泥人就捏好了,和水中的影子一样。女娲把泥人放在草地上。说也奇怪,这个小家伙刚一接触到地面,就活了。她冲泥人笑,泥人嘴一咧,也笑了;她假装生气,泥人也绷起了脸;女娲高兴得拍手叫好,这时候,泥人竟然张开双手,扑到女娲怀里,口里叫着:"妈妈!妈妈!"还兴高采烈地欢呼雀跃。

　　女娲给她心爱的孩子取名叫"人"。人虽然小,但因为是神创造的,相貌举动都和神相似,因此看起来似乎有一种管理宇宙的非凡气概。女娲的目光久久地注视着身边的小泥人,心头涌上一阵阵的幸福与满足,她想:"我要让这种可爱的小生灵遍布在天地间;我要让他们用奔走的活力和动听的声音来丰富这个世界。"

　　女娲心情舒畅,全身心地投入到捏泥人的工作中。看着那些捏好的泥人在林间奔跑,在草地上打滚,在水中嬉戏,她的烦恼与寂寞顷刻间就没有了。她不知疲倦地忘我工作着,一直工作到晚霞布满天空,月亮射出了幽光,夜深了,她才休息片刻。第二天,天微微亮她就赶紧起来继续她的工作,捏了多久,捏了多少,连她自己也记不清了。渐渐地,女娲捏泥人的速度慢了下来,筋疲力尽的她,终于停了下来,靠在河边的一棵大树上休息。

　　天地是如此的广大,以至于女娲工作许久也没有实现她的愿望。"怎样才能更快地造人呢?照这样的速度,什么时候才能让人遍布世界呢?"女娲一边想,一边扯下一根树枝,有一下没一下地搅动着脚下的水和土,"唉,好累呀,先休息一下吧。"女娲把树枝一扔,准备好好睡一觉。甩出去的树枝上带了许多泥点,这些泥点一落地,立即变成了蹦蹦跳跳的小人,和先前用黄泥捏成的小人儿一样,他们"妈妈!妈妈!"地喊着跳着,欢快的声音飘荡在周围。

　　发现了这种简易造人方法的女娲非常高兴,于是她取来一根长长的藤条,伸入河中,把河里浑黄的泥浆搅拌起来,然后把藤条向地上一挥,泥点一溅落在地,就变成了一个个小人儿。看着自己的孩子慢慢变多,不久就要遍布大地,女娲高兴极了。

高兴之余,女娲又忧虑起来:"人类总要死亡的,自己这样造下去,什么时候才是头啊!"她苦思冥想,终于想出了一个绝妙的办法,她决定把自己捏的小人儿分成男人和女人,让男人和女人结合去创造、抚养后代。这样,自己就再也不用辛苦地造人了。

从此,人类就开始自己孕育生命了,并且世代绵延。很快,世间各地都有了人类的足迹。

　　读完全文,我们发现女娲造人的过程很困难,但是最终她还是完成了这一伟业。这就告诉我们,不要被眼前的困难吓倒,只要去行动,在实践中摸索,就能找到解决问题的方法。

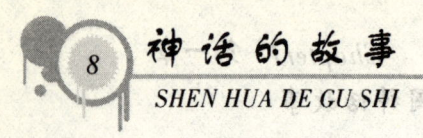

愚公移山的神话

愚公的门前有太行和王屋两座大山,它们方圆七百里,高七八千丈,挡住了他们一家人通向外边世界的路。

"听人说,山的那边是广阔无垠的海,海中的仙岛上还住着仙人。我活了九十多岁了,从来也没有走出这大山啊!"愚公对着门前的太行、王屋二山发出了一声叹息。

"孩子们,你们想看看山外的世界吗?"晚饭时愚公问子孙们。

"想!"孩子们异口同声回答道。

"我们把门前这两座山搬走,好吗?"愚公想听儿孙们的意见。

"太好了!移走太行和王屋这两座山,我们就可以走出去看大海、看世界了。"孩子们都拍手叫好。

可是,愚公的妻子不同意了,她推了愚公一把说:"你都这么大年纪了,连铁锹都拿不动了,恐怕连一个小土坡你都动不了,还想搬太行、王屋两座大山,怎么可能呢?就算你能搬得动,这山石又堆哪儿去呢?"

"听说渤海非常大,我们把山搬到渤海去。"儿孙们建议道。

就这样,愚公带着儿孙们开始工作了。他们凿石头,挖土,用簸箕和箩筐把石块和土运到渤海边上,邻居京城氏的寡妇有一个儿子,听说了这件事,也一蹦一跳地赶来帮他们的忙。

愚公和儿孙们每日快乐地往返于太行、王屋和渤海之间。

愚公的邻居河曲智叟看到了,就嘲笑愚公:"愚公呀愚公,你果然没起错名字啊,这么一把老骨头了,还想移山?愚呀!愚到家喽!"

愚公反讥道:"邻家的孤儿寡母都有放眼天下的雄心,你怎么还像没见识的井底之蛙一样?亏你还叫智叟呀!"

智叟尴尬地说:"我是说,你这么一点一点地搬石运土,什么时候才能搬走这两座大山呢?"

愚公哈哈大笑道:"你可真是顽固不化,即使我死了,还有我儿子。我的儿子又生我孙子,孙子又生他儿子,子子孙孙无穷无尽,而山却不会增高,我们世世代代不停地干下去,难道还移不走这两座山?"说得智叟顿时哑口无言。

一年又一年,愚公带着儿孙,从不懈怠,干得热火朝天。这里的山神开始害怕了,如果任由愚公不停地挖下去,一旦山被他挖走了,自己就没立足之地了。于是,山神将这件事汇报给了天帝,天帝被愚公这种坚持不懈的精神感动了,就命大力神夸娥氏的两个儿子一人背起一座大山,朝着东西两个方向,把山移走了。从此,愚公的门前再不被大山阻挡了,他们一家人也终于能看到外面的世界了。

文章介绍了愚公移山成功的事情,反映了我国古代劳动人民改造大自然的伟大气魄和惊人毅力;通过写智叟的胆小怯弱反衬出愚公的坚持不懈,把"愚"和"智"做了鲜明的对比。它告诉我们:无论遇到多么困难的事情,只要有恒心有毅力地做下去,就有可能成功。

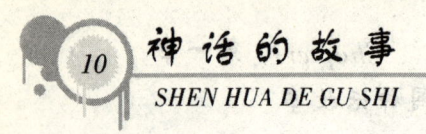

神农尝草验药性

神农是一位慈爱的天神。他牛头人身,力大无穷。他看到了人类忍受饥饿的惨状,便下到凡间教人类种植五谷,他带着人们一起开垦耕地,种植庄稼。

经过一段时间的辛苦劳动,终于迎来了丰收的季节,人类的吃饭问题解决了。

人们都非常感谢神农,就推举他为领袖。

可是,那时候,五谷和杂草长在一起,药物和百花开在一起,人们分不清哪些是可以吃的粮食;哪些是可以治病的草药。不少人吃饱饭之后,常常会生病。

有的人患了病,很长时间也不好,直到死亡。

神农看到这种情况,非常着急。连忙召集了很多人一起来商量,怎样才能把人们患的疾病治好,使他们摆脱疾病的困扰。他们想了很多的办法,如火烤、水浇、日晒、冷冻等等,这些办法虽然能使某些疾病的症状有所缓解,但却不能把疾病彻底治好。

神农想:"与其坐在这里听天由命,不如走出去寻找解决问题的办法。"

于是他带着一批臣民,从家乡随州历山出发,向西北大山走去。他们走啊,走啊,虽然腿走肿了,脚起茧了,还是不停地走,整整走了七七四十九天,来到了一个地方。

只见高山一峰接一峰,峡谷一条连一条,山上长满奇花异草,大老远

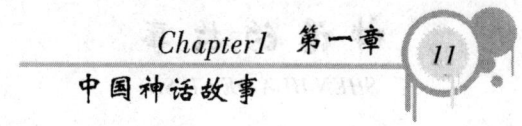

就闻到了香气。

"这就是我们要找的地方啊!"神农对大家说道。

神农他们正往前走,突然从峡谷窜出来一群狼蛇虎豹,把他们牢牢围住。神农马上让臣民们挥舞神鞭,向野兽们打去。费了九牛二虎之力,才把野兽都赶跑了。

"这里野兽太多了,太危险了,我们还是回去吧!"随行的人劝告神农道。

神农摇摇头,郑重地对大家说:"不行,生病的乡亲们还在苦苦地挣扎着,你们看这里的动物一个个多么健康啊,我想这里一定有治病的良药!从今天起,我要尝遍这山上的每一种花草,一定要找出治病的方法来。"

于是,神农便开始了品尝百草的工作。尝百草非常辛苦,不但要攀爬山路寻找草药,还要时时刻刻提防毒蛇猛兽,而且品尝草药还有生命危险。

神农为了寻找药草,曾经在一天当中中毒七十次,被毒得死去活来,痛苦万分。

可是他凭着强壮的体力,又坚强地站了起来,他让其他人帮他防着狼蛇虎豹,凭借自己对植物的敏锐直觉,继续品尝更多的草药。每品尝一种,他都要详细地记录下花草的药性:平和还是有毒、性寒还是性温、气息与味道怎样等等。

神农在药草山上一共尝出了三百六十五种草药,写成了《神农本草》一书。

神农为了治疗更多的疾病,仍然不停地品尝草药。有一天,神农在品尝一种攀缘在石缝中开小黄花的藤状植物时,把花和茎吃到肚子里,不久,就感到肚子钻心地痛,好像肠子断裂了一样,疼痛难忍。最终神农被这种草毒死了。

神农虽然被毒死了,但用他的生命发现了一种含有剧毒的草,人们给它起名叫断肠草。

　　神农为了救人,常常身先士卒,到最后更是为了帮助人类寻找草药而牺牲了宝贵的生命。他的动人故事,会一直流传下去。

　　神农牺牲自己的生命是为了人类的利益,除了舍己为人的精神,他身上还有很多值得我们学习的地方。首先,学习神农的坚定与执着,明知道前面的路危险重重,却仍然勇往直前。其次,学习神农的果断,面对问题毫不犹豫地寻求解决的办法,而不是听天由命。最后,学习神农的认真细心,每品尝一种草药都要详细记录它的药性。我们在日常的学习生活中要以神农为榜样,做一个认真、果敢、坚定的人。

勤于动脑的黄帝

在上古时期,中国黄河、长江流域一带住着许多氏族和部落。其中最有名的是黄河流域的黄帝率领的部落。另一个有名的部落的首领叫炎帝。蚩尤是炎帝的部下,骁勇善战。黄帝轩辕氏历经数次战役终于打败了炎帝,统一了天下,成为诸侯们拥立的天子。可是炎帝的子孙和部下们却不甘成为黄帝的臣民,他们不服黄帝的统治,时时刻刻想挑起争端,其中蚩尤表现得最为明显。

蚩尤的九九八十一个兄弟,一个一个都像野兽,吃石头铁块,有着铜头铁臂、如刀刃般的毛发,凶猛异常。自从炎帝败给黄帝后,蚩尤天天想着报仇雪恨,一雪前耻。有一天,蚩尤经过庐山脚下时发现了许多矿石,他便把它们收集起来,做成了剑、戟、刀、矛等许多兵器,再加上他那八十一个兄弟的大力支持,他的实力倍增。另外,蚩尤还请到了风伯、雨师一起助阵,向黄帝发出战书,准备和黄帝一比高下。

黄帝是个热爱人民的皇帝,迟迟不愿意打仗,于是他劝说蚩尤要和平相处。但是蚩尤不听劝告,执意要一比高低。黄帝无奈地摇摇头说道:"我要是战败了,老百姓可就要受蚩尤的残暴统治了,如果我再不应战,就等于养虎为患啊!为了正义,我只有出战了。"于是黄帝亲自率领众多大将,与蚩尤对阵。

黄帝首先派大将应龙出战。应龙受命后,"嗖"的一声飞上天,从口中喷出了大量的水。瞬间,大水向蚩尤汹涌而去。蚩尤忙命风伯雨师出战,只见风伯刮起漫天狂风,把水刮回到黄帝那里,雨师顷刻间把洪水收

集起来,也投到黄帝那里,瞬间,狂风暴雨向黄帝打去。应龙只会喷水,不会收水,结果,黄帝战败。

惨败后,黄帝准备重整旗鼓与蚩尤再战。对阵之时,黄帝一马当先,领兵冲入蚩尤阵中。蚩尤这次施展法术,喷烟吐雾,使黄帝的军队迷失了方向,阵脚大乱。就在这关键的时刻,黄帝猛然抬头看到了天上的北斗星,斗柄转动而斗头始终不动。他灵机一动,根据这个原理发明了指南车,认定了一个方向,带领军队冲出了重围,化险为夷。

就这样,黄帝和蚩尤一共打了七十一仗,结果黄帝败多胜少,他心中非常着急。这一天,黄帝苦苦思索打败蚩尤的方法,不知不觉昏然睡去,梦见九天玄女交给他一部兵书,说:"带回去把兵符熟记在心,逢战必胜!"说罢,飘然而去。黄帝醒后,发现手中果真有一本《阳符经》。打开一看,只见上面画着几个象形文字,黄帝顿然悟解,于是按照玄女兵法设九阵,置八门,阵内布置三奇六仪,制阴阳二遁,演习变化,成为一千八百阵,名叫"天一遁甲"阵。黄帝演练熟悉,重新率兵与蚩尤决战。

为了让军威振作起来,黄帝决定用军鼓来鼓舞士气。他从东海中的流波山捉来了一头猛兽,名叫"夔",又从雷泽中捉来了雷兽。黄帝派人用夔的皮做鼓面,用雷兽的骨头当鼓槌,制成了一面大鼓。传说这夔皮鼓一敲,能震响五百里,连敲几下,能连震三千八百里。黄帝又用牛皮做了八十面鼓,使得军威大振。

为了把蚩尤彻底打败,黄帝特意召来女儿女魃助战。女魃是个旱神,平时住在遥远的昆仑山上,会收云息雨。

接下来两军对阵,黄帝早早摆好了阵势,把蚩尤军队引诱到阵中。八十面牛皮鼓和夔皮鼓一响,天地为之震动。黄帝的士兵听后士气激增,勇猛杀敌。蚩尤的士兵听后,魂飞魄散,弃兵卸甲,蚩尤眼看自己即将战败,便和他的八十一个兄弟施起神威,凶悍勇猛地冲杀上去。两军杀得山摇地动,难解难分。

黄帝见蚩尤很难对付,就令应龙喷水。应龙张开巨口,江河般的水流从上至下喷射而出,蚩尤没有防备,被冲了个人仰马翻。他也急令风伯雨师掀起狂风暴雨向黄帝阵中打去,只见地面上洪水暴涨,波浪滔天,情况非常紧急。这时,女魃上阵了,她施起神威,刹那间从她身上放射出滚滚的热浪,她走到哪里,哪里就风停雨消,烈日当头。风伯和雨师无计可施,慌忙逃走了。黄帝率军追上前去,大杀一阵,蚩尤大败而逃。

蚩尤铜头铁臂,以铁板为兵器,飞檐走壁,令黄帝没有办法。这时黄帝灵感突现,命人把夔皮鼓对准蚩尤使劲连擂九下,蚩尤听到如打雷一般的声音,顿时魂飞魄散,束手就擒。黄帝命人把蚩尤活捉后,铐上枷锁杀掉。由于害怕他死后作怪,便把他的身体和头埋在了不同的地方。确定蚩尤死后,黄帝才命人把他的枷锁取下丢弃到荒山野岭,枷锁丢弃之处瞬间长出一片枫树林,那片片红叶都是蚩尤枷锁上的斑斑血迹。

黄帝获胜后,带领着他的子民开拓疆土,世代不断繁衍,最终形成了我们伟大的华夏民族。

读后感悟

文中的蚩尤铜头铁臂、法力无边,但是最终黄帝还是凭借自己的智慧战胜了他。这就告诉我们,做事情要勤于动脑,避免蛮干。只有这样,才能战胜困难,取得胜利。

第一颗火种

在远古蛮荒时期,人们对火一无所知。到了黑夜,四处一片漆黑,野兽的吼叫声此起彼伏,人们蜷缩在一起,又冷又怕。由于没有火,人们只能吃生的食物,所以经常生病,寿命也很短。

天上有个大神叫伏羲,他看到人间的生活这样艰难,心里很难过,他想让人们知道火的用处。于是伏羲大展神通,在山林中降下一场雷雨。随着"咔"的一声,雷电劈在树木上,树木燃烧起来,迅速成了熊熊大火。人们被雷电和大火吓着了,四处奔逃。

不久,雷雨停了,夜幕降临,雨后的大地更加湿冷。逃散的人们又聚到了一起,他们惊恐地看着燃烧着的树木。这时候有个年轻人发现,原来经常在周围出现的野兽的嚎叫声没有了,他想:"难道连野兽也怕这个会发光的东西吗?"于是,他勇敢地走到火边,他发现身上好暖和呀。他兴奋地招呼大家:"快来呀,这火没什么好怕的,它给我们带来了光明和温暖!"

这时候,人们又发现不远处烧死的野兽,香味扑鼻。人们聚到火边,分吃烧过的野兽肉,觉得自己从没有吃过这样的美味。人们感到了火的可贵,他们拣来树枝,点燃火,保留起来。每天都有人轮流守着火种,不让它熄灭。

可是一天晚上,下起了大雨。人们唯一的火种被浇熄了,人们又重新陷入了黑暗和寒冷之中,非常痛苦。他们觉得天将要把灾难降临到人间。于是,人们在冰天雪地里赤裸着身子向神灵表示自己的忠诚,诚惶诚恐地乞求上天的怜悯。

最先发现火的用处的青年叫燧人氏,他将这一切默默地看在眼里,愤怒地呼喊着:"你这不公平的天,你既然把火赐予我们,为什么还要如此折磨我们呢?"

大神伏羲听到了他的话,夜晚,他来到燧人氏的梦里,告诉他:"在遥远的西方有个遂明国,火种就在那里,你可以去那里把火种取回来。"年轻人醒了,想起梦里大神说的话,决心到遂明国去寻找火种。

燧人氏起来后,立即开始了寻火之旅。他翻过高山,涉过大河,穿过森林,历尽艰辛,终于来到了遂明国。可是这里没有阳光,不分昼夜,四处一片黑暗,看不到火。年轻人失望至极,就坐在一棵叫"遂木"的大树下休息。

突然,年轻人眼前有亮光一闪,又一闪,把周围照得很明亮。年轻人立刻站起来,四处寻找光源。这时候他发现就在遂木树上,有几只大鸟正在用短而硬的喙啄树上的虫子。只要它们一啄,树上就闪出明亮的火花。年轻人看到这种情景,脑子里灵光一闪。他立刻折了一些遂木树的树枝,用小树枝去钻大树枝,树枝上果然闪出火光,可是却着不起火来。年轻人不灰心,他找来各种树枝,耐心地用不同的树枝进行摩擦。终于,树枝上冒烟了,然后着起了火。年轻人流下了高兴的眼泪。

他历经千辛万苦,终于回到了故乡。人们团团围住燧人氏,等待着火种出现的神圣时刻。燧人氏小心翼翼地从怀中掏出几根小树枝。

"怎么是树枝啊?火种在哪里呢?"在人们失望的目光中,燧人氏不慌不忙地走到一棵大树前,然后拿着小树枝使劲地在大树枝上钻着。

人们有一肚子的疑问,"火!火!"突然一个人叫出了声音。人们看见的亮光,就是从那树枝上发出的。"我们有火种了!"人们欢呼起来。

"哈哈,我们已经掌握取火的方法了,可以自由支配火了!"燧人氏向迷茫的人们高声宣布。

于是人们学着他的样子,拿起树枝在树上不停地钻着,"火!火!

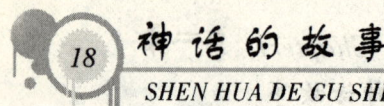

火!"人们从来没有如此激动地呐喊过。火从来没有如此平易地与他们亲近过。

燧人氏带来了永不熄灭的火种——钻木取火的办法,人们被这个年轻人的勇气和智慧折服,推举他做了首领。从此,人们的生活终于脱离了寒冷和恐惧。

> 文中的燧人氏为了取得火种,翻过了高山,涉过了大河,穿过了森林……历尽了千辛万苦,最终学会了钻木取火,为人类作出了巨大的贡献。在生活中的我们也要明白:"不经一番寒彻骨,哪得梅花扑鼻香?"若想有所作为,就要不怕艰难,勇于进取。

信守承诺的马头娘娘

传说古时候有一位孝顺美丽的姑娘。有一天,她的父亲外出谋生,三天三夜不见归来,姑娘非常焦急,担心父亲在路上出了什么事。

姑娘日夜思念父亲,有一次她精神恍惚地走到马厩前,抚摸着她心爱的骏马,向它倾吐心声:"这么久了父亲还不回来,不知道他是迷路了,还是遇上了不测,我真的好担心啊!马儿啊,你能帮我找回父亲吗?"

她的话音刚落,只听见马儿扬头长嘶一声,似乎在回答她。

"好马儿,你想说什么呢?你想帮我找回父亲吗?"忧伤的姑娘只能把希望寄托在马儿身上,"你要真能把我父亲找回来,我就嫁给你。"

姑娘刚说完,马儿就长嘶一声,挣脱了缰绳,跳出了马厩,飞奔了出去。无论姑娘怎么呼唤,马儿也不回来。

"难道它真的帮我去找父亲了吗?"姑娘自言自语道。

唯一的伙伴也离开她了,姑娘显得更加孤独而忧伤了,她终日坐在家门口等待着父亲和马儿的归来。

许多天后的一个夜晚,姑娘本以为这一日又要失望了,正当她准备转身回屋的时候,一声熟悉的马嘶声从远处传来。姑娘欣喜地回头,意外地看见马儿驮着疲惫不堪的父亲回来了。父女久别重逢,真的是非常的欢喜。

第二天早上,姑娘高兴地跑到马厩,摸着马头喃喃地说:"好马儿啊,你帮我找回了父亲,我说的一定会做到,明天我就跟父亲说我要做你

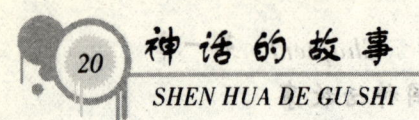

的妻子。"

马儿温柔地舔舔姑娘的手,发出了温柔的吼声。

等到姑娘回到屋中,她把自己的决定告诉父亲的时候,却遭到了父亲的强烈反对。

"什么,你要嫁给一匹马?"父亲又惊又怒地喝问姑娘。

"它和普通的马不一样,它通人性,我答应过它,只要它把您找回,我就嫁给它……"姑娘小声说道。

"绝对不行,"姑娘的话被父亲生气地打断了,他怒不可遏地说:"再通人性,它也是头牲口。我绝不允许你嫁给一个畜生。从今以后,你不准再进马厩。"

姑娘伤心地跑出了屋子,奔到马厩中,倚着心爱的马儿不停地哭泣。

"我心爱的姑娘,你不要伤心哭泣,"马儿突然开口说话了,"我本来是一匹神马,不幸被一个巫婆下了诅咒,不能回到天上。恶咒说,'如果有姑娘愿意嫁给你,你就能变回人形,然后你才能重新回到天上。'好姑娘,你再耐心地等待九天,我就能变成人形了,到时候我就可以带你一起上天了。"

"真的?太好了,那样父亲就不会反对我们了。"姑娘听后破涕为笑,欢快地搂着马儿的脖子说。从此以后,知道了真相的姑娘每天都趁着父亲外出的时候去马厩找马儿说悄悄话。第四天,父亲出门之后发现忘带了东西又突然返回家中,发现女儿正在马厩和马聊天。勃然大怒的父亲强行把女儿拖回了房间,把她反锁在屋里不准她出来。姑娘天天趴在窗前泪如雨下,马也在马厩内哀鸣不止。

等待很苦,九天过去了,终于等到马儿变成人形的日子了,这天一大早,姑娘就起床对着镜子把自己精心打扮了一番,推开窗户等待着变成人形的神马。她推开了窗户,却看见一张马皮挂在窗户对面。原来,父亲昨晚悄悄地把马杀了。姑娘大喊一声:"我的马儿——"便昏了过去。

"乖女儿,快醒醒,"姑娘慢慢睁开了眼睛,"乖女儿,我也是为了你啊,"父亲叹息着说。

"你为什么这么狠心？要杀死我的丈夫。"姑娘声嘶力竭地尖叫着,她用尽全力推开父亲搀扶的手,飞奔出房门,来到马皮下。她颤抖着伸出手,摩挲着马皮,眼泪滚滚而下。

突然,马皮一抖,迅速卷住姑娘,"忽"地飞出了院子。父亲很吃惊,半晌才追出门来。只见马皮裹着姑娘飘向后山,父亲紧随其后。

夹着姑娘的马皮在一片树林里不见了。父亲流着泪拨开树枝,呼喊着女儿。突然,他吃惊地发现在一棵大树的枝叶间有一条裹着马皮、缓缓蠕动的虫一样的生物,只见它慢慢地摇动着和马头很像的头,不时地从嘴里吐出一条条金光闪闪的细长的丝,并把丝缠绕在树枝上。父亲认出了那就是自己的女儿,她已经变成了这种生物。

后人们就把这吐丝的生物叫做"蚕",并把此树称为"桑"。这就是蚕的由来。姑娘后来就做了蚕神,和她心爱的马儿永远地生活在一起。人们都亲切地称她为"马头娘娘"。

读后感悟

文中的姑娘最终遵守自己的承诺和心爱的马儿在一起了。虽然这个故事现在听来有些奇怪,但是它提醒我们,如果没有把握就不要轻易许下诺言,答应了别人的事就一定要办到。同时它也提醒我们,生活中一定要同父母、长辈好好地沟通,让他们明白我们心里的想法,不能强硬地反抗,否则事情会更麻烦。

夸父追日

在遥远的古时候,在北方荒野中有一座巍峨雄伟、高耸入云的高山。在山林深处,生活着一群力大无比的巨人。夸父是他们的首领,因此这群人就被叫做夸父族。

夸父每天看到太阳东升西落,然后漫长的黑夜来临,心里很不是滋味。

每天在日落时,夸父总是向太阳虔诚地祈祷:"太阳啊,停下你的脚步吧,你是我的力量、是我的生命。"

太阳并没有被他的虔诚所感动。仍然只给他半天的光明与希望,然后吝啬地收回这一切,头也不回地走了。

终于有一天,这位勇士愤怒了,他想:"每天晚上,太阳都躲到哪里去了呢?我讨厌黑暗,我要去追赶太阳,把它抓住,叫它固定在天空中,让世界没有夜晚,永远明亮。"

于是,夸父告别族人,迈开双腿,如风般奔跑,开始了他的逐日征程,瞬间就跑了一两千里。

夸父勇敢地跟着太阳越过一座座大山、穿过一个个平原,蹚过一条条大河。

风在耳边呼啸,雨在眼前飘洒,雪在脚下堆积,他全然不顾,一直追,追到了禺谷。

禺谷,就是太阳落下的地方。

太阳越来越疲惫了,它变成了一个红彤彤的圆球,有气无力地趴在山尖上喘息。夸父的身上散着道道阳光,他几乎可以伸手摸到太阳了。

"太阳啊,我终于可以拥抱你了。"

夸父无比欢欣地张开了手臂。就在这时候,他喉咙里忽然感到一种极其难耐的口渴。

这不奇怪,他被太阳炙烤着,又奔跑了这么长时间,实在是疲倦极了,干渴极了。

他只得暂时放弃拥抱太阳,去喝黄河的水。他俯下身,贪婪地吮吸着。

慢慢地,河底的沙土裸露出来,黄河水很快被他喝干了,但他还想喝。

他又去喝渭河里的水。经他这么"咕嘟"地一喝,一会儿,河底的卵石显现了,霎时间两条大河的水都被他喝干了,可他的饥渴还是没有止住。

"勇士,到北方的大泽去吧。那里的水喝不完。"一只鸟儿飞过来在他耳边大声说道。

鸟儿所说的大泽,又叫"瀚海",在雁门山的北边,纵横千里,那里的泉水,可以给寻求光明的巨人解除口渴。夸父于是迈开双腿向北走去。可是,在他到达目的地之前,体内的烈火,已经一点一点烤完了他最后的力气,他颓然倒下,像山一样轰然崩塌,大地和山河都因为这巨人的倒下而发出一声巨响。

太阳渐渐西下,把最后几缕光辉送到了夸父的眼里,"太阳啊,我深爱着你,你的光明,你的温暖……"

夸父遗憾地望着西沉的太阳,把手里拄的杖奋力往前一抛,然后闭上了双眼。

第二天早晨,当太阳精神抖擞地跃出山坳,用它的金光普照大地的时候,人们发现在夸父倒下的地方崛起了一座大山,山北边有一片绿叶茂密、鲜果累累的桃林，它是夸父的手杖变成的。

这片桃林终年茂密，为往来的过客遮阴，结出的鲜桃，让勤劳的人们解渴，让人们消除疲惫，能够精力充沛地踏上征程。

读后感悟

故事中的夸父，每天看到太阳东升西落，然后漫长的黑夜来临，心里很痛苦。他想把太阳固定在天空中，让世界不分昼夜，永远明亮。为了实现这一伟大目标，他奋力追赶太阳，最终献出了自己的生命。死后，他的手杖变成了郁郁葱葱的桃林。这片桃林终年茂密，为往来的过客遮阴。树上结出的鲜桃，为勤劳的人们解渴，消除人们的疲惫，让他们精力充沛地踏上征程。现实生活中，我们不光要学习夸父那种为了目标勇往直前的精神，还要努力培养他那种虽然自己失败，但是不忘造福后人、为后来者提供便利的意识。

造字的仓颉

传说在远古时代有一个叫仓颉的人,他替黄帝管理粮食和牲畜,并且负责统计牲口的数目、粮食的多少。仓颉勤奋好学,在很短的时间内便熟练掌握了计数的流程,未曾出现过任何的差错。

但是,英明的黄帝领导着人民,得到的粮食和牲畜的数目越来越多,凭着原来的计数经验已经统计不出这么庞大的数目了,再加上当时还没有文字、纸笔,该怎么办呢?这个问题开始困扰仓颉了。仓颉整日苦思冥想计数的办法。他先是在绳子上打结并且涂抹不同的颜色,用这来代表数量,这个方法起初还挺好用,但后来数量减少,解开结很困难,因此打结的方法就不管用了。仓颉又发明了在绳子上打圈圈的方法计数,他在圈子里挂上不同的贝壳代表他所管的不同东西。东西增加,贝壳也增加,东西减少,贝壳也减少。这个方法持续了好几年。

黄帝看到仓颉做事尽心尽力,而且还很有头脑,就升了仓颉的职,把更多的事交给他管:每年祭祀的次数,每回狩猎的分配,部落人丁的增减,统统归仓颉管。仓颉又犯愁了,凭着添绳子、挂贝壳已不抵事了。怎么才能不出差错呢?

有一次,仓颉与部落人员一起去狩猎。当来到一个岔路口时,大部队停了下来,不知道该往哪条路走。第一个老猎人说往东走,东面有羚羊;第二个老猎人说往北走,北面有鹿群;第三个老猎人说要往西去,西面有老虎。仓颉心想:为什么他们还没走过就知道前面有猎物呢?于是仓颉前去询问,原来这几位老猎人发现了野兽的脚印,然后才做出推断

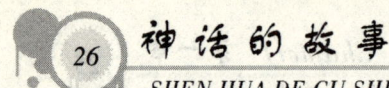

的。仓颉茅塞顿开：既然脚印可以代表野兽，为什么我不能用符号代表东西呢？想到这里，仓颉顾不上狩猎，一会儿就跑回了家，开始试着用不同的符号代表不同的东西。山川日月，花鸟鱼虫，飞禽走兽，几乎没有他想不出来的代替符号。利用这些符号，仓颉把事情管理得井然有序。

仓颉的智慧又一次传到黄帝的耳朵里，黄帝对他更加赞赏，命令他到各个部落把此方法推广开来。一段时间以后，人们逐渐学会了这种方法，管理事情的效率确实提高了许多。

仓颉的才智在人们中间流传开来，他的名气也越来越大。仓颉也认为自己的能力是最强的，自己是整个部落最聪明的人，于是便开始骄傲起来，不像起初那样认真研究造字方法了。

仓颉的傲慢传到黄帝的耳朵里，黄帝很难过。他不能允许自己看重的臣子向坏的方面发展。于是黄帝找身边最老的长者来商量。这个老人胡子上打了一百二十多个结，说明他已经是一百二十多岁的人了。老人听了黄帝的话，沉吟了一会，独自去找仓颉了。

老人找到了仓颉，看到他正在教人识字，便默默地在后面倾听。讲完后，旁人都离开了，只有老人依然站立在那里。仓颉便问他为何不离去。

老人说："仓颉啊，你造的字现在是家喻户晓，可是我老人家年纪大了，老眼昏花，有几个字的意思不太明白，所以来请教请教你。"

仓颉看这么年长的老人，都这么尊敬他，心里很高兴，便催促老人快点说。

老人说："你的'马'字，'驴'字，'骡'字，都有四条腿，而牛同样有四条腿，为什么'牛'字却只剩下一条尾巴，没有四条腿呢？"

仓颉一听，有点不知所措：自己原先造"鱼"字时，是写成"牛"样的，造"牛"字时，是写成"鱼"样的。都怪自己粗心大意，竟然把二者写颠倒了。

老人接着又说："你创造的'重'字，是说有万里之遥，应该念出门的

'出'字,而你却教人念成重量的'重'字;两座山合在一起的'出'字,应该念重量的'重'字,你却教人念出门的'出'字。我理解不了,所以想请你指点一下。"

仓颉听得脸一阵红一阵白,知道自己不仅造错了字,还把错字教给了各个部落的人,真是大错特错。他连忙跪下,痛哭流涕地表示忏悔。

老人慢慢扶起跪拜在地的仓颉,说:"仓颉啊,你造了字,使我们老一代的经验能流传下来,这是件造福万民的好事,人们世世代代都会记住你的,但是你不能骄傲呀!"

听了老人的话,仓颉很受启发。以后,仓颉每造一个字都要反复的推敲琢磨,害怕再出现差错。当他对自己所造的字产生疑惑时,还会主动请求大家帮忙,直到大家都认可了,才确定这个字,然后再普及到每一个部落。

　　读完仓颉造字的故事,首先,应该赞赏仓颉的聪明才智,学习仓颉善于发现、不断创新的优秀品质。此外,仓颉因为一点成绩而骄傲自满最终导致了严重的后果,也使我们看到了骄傲自满的巨大危害,他的教训提醒我们要时刻保持一颗谦虚谨慎的心。最后,仓颉知错能改的结局,也告诉我们错误是人人都不可避免的,但只要勇于承认并且改正,就是值得肯定的。

持之以恒的精卫

女娃是太阳神炎帝的小女儿,也是他最宠爱的女儿。

有一天,炎帝不在家时,女娃便独自一人驾着小船出去玩耍,她很想到东海——太阳升起的地方去看看,当她划船来到东海时,海上突然刮起了狂风,像山一样的海浪把女娃的小船打翻了,女娃不幸地落入海中,被淹没了。

女娃痛恨无情的大海夺去了她年轻的生命,在她死后,她的灵魂化作一只可爱的小鸟,发出的是"精卫、精卫"的悲鸣,所以,人们称它为"精卫鸟"。

为了报仇,精卫发誓要填平东海。

一天夜里,炎帝突然梦到淹死在东海里的女娃走到他跟前,坚定地望着他,对他说:"父亲,大海夺去了我的生命,但夺不走我的信念,我一定要和它抗争到底。"

炎帝本想拉住女儿的手,可是一伸手,女儿瞬间化作一只小鸟飞走了。

第二天,伤心不已的炎帝独自来到东海边凭吊女娃。只见海上浊浪滔天,到处迷雾。

面对苍茫的大海,炎帝不禁怆然泪下:"女娃,你在哪儿啊?你小小年纪为什么独闯大海,你一去不返,为父好想你呀!""精卫、精卫——精卫、精卫——"空中突然传来几声尖锐的鸟叫。炎帝循声望去,只见一只小鸟衔着石子从头顶飞过。

那只小鸟有着花脑袋、白嘴壳、红色的小爪子,十分可爱。

小鸟独自在波涛汹涌的海面上回旋着,悲鸣着。炎帝不由得心生一股怜爱之情。

他望着头顶的小鸟喃喃地说道:"小鸟儿,你为什么独自飞在大海上?海浪肆虐、海风凶猛,你会葬身大海的。我的小女儿就是在东海游玩时淹死的。"

"精卫、精卫——精卫、精卫——"那鸟鸣叫着,声音里似乎透出一股悲哀,在他的上空盘旋了一阵后,依然逆着海风向海面飞去。

"真是只奇怪的鸟,"一个老渔人不知什么时候出现在了炎帝身后,"我在海上打了一辈子的鱼,从没见过这种鸟。

前不久,自从一个小女孩淹死在东海之后,就飞来了这只鸟。它既不捕食小鱼,也不捕捉昆虫,只是每天一刻不停地从发鸠山方向衔来一些小石头、短树枝,然后飞到东海,将它们投到海中。很奇怪,它天天如此。"

说完,老渔夫不解地摇摇头离开了,汹涌的海面上只剩下大海与精卫的对话:

大海奔腾着,咆哮着,嘲笑精卫说:"小鸟儿,算了吧,你就算干一百万年,也不能把我填平!"精卫十分执着,在高空答复大海:"你夺去了我的生命,你将来还会夺去许多年轻无辜的生命。我要永远地干下去,不管是干上一千万年还是一亿年,干到宇宙的尽头,世界的末日,我也要把你填平!"

炎帝这才明白,原来这只小鸟就是自己的小女儿变的。

从此以后,炎帝便常常到海边凭吊女儿,每当他看到那只可爱的小鸟向海中抛石头和树枝时,他总是热泪盈眶,喃喃地呼唤着女儿的名字。

许多年以后,白发苍苍的炎帝又来到东海边。波涛依旧汹涌,一个年轻的渔人指着空中一只可爱的小鸟说:

神话的故事

"看,精卫鸟!这鸟真辛苦,我爷爷在世时它就在填海。"

"大海夺去了她的生命,但夺不走她填平大海的决心和勇气,"炎帝满脸是泪地说,"它会永远地填下去的。"

读后感悟

　　小小的精卫与浩瀚无比的大海抗争,似乎有些不自量力,但我要说,我们应该学习它持之以恒和不畏艰难的精神。"精卫填海"是我国古代神话中最有名,也最感人的故事之一。在生活中,我们如果能合理确立自己的目标,再拥有精卫那种持之以恒、不畏艰难的精神,那么还有什么困难能难得倒我们呢?

挑战权威的刑天

很早以前,中国大地的统治者是长江流域的部落首领炎帝,刑天是炎帝手下的一名大臣。他生平酷爱音乐,常常用音乐描绘美好的生活。他创造了很多乐曲,表达人们在春天辛勤劳作、秋天收获成果时的喜悦。

后来黄帝打败了炎帝,炎帝只能忍气吞声躲在南方,不敢声张。但是他的部下很好强,不服黄帝的统治。

有一次,大将蚩尤想起兵推翻黄帝的统治,刑天十分想加入这场战争,可是在炎帝的竭力反对之下,刑天只能放弃。由于蚩尤孤军奋战,最终惨败。刑天愤怒的忍无可忍了,于是他一个人拿起武器,准备和黄帝决一雌雄,分个高下。

刑天左手握着长方形的盾牌,右手拿着一柄寒光闪闪的大斧,一路过关斩将,直杀到黄帝的宫殿前。当时黄帝正在和一帮大臣一起赏乐观舞,听到刑天的叫喊声便走到宫殿门口。刑天的大名和他的音乐才能很早就传到了黄帝的耳朵里,黄帝十分欣赏刑天,不想与他为敌。所以很友好地对他说:"勇猛的刑天啊!现在天下太平,百姓丰衣足食,你何必再与我兵戎相见呢?放下你的武器,拿起你的乐器,来继续谱写这样和平的世界吧!"

刑天一心想为炎帝报仇,根本听不进黄帝的一番劝告,怒吼一声,挥动着武器冲向黄帝。黄帝爱惜人才,怕伤害刑天,就一直后退,从宫廷退到了宫外,从天上退到了凡间,一直退到大地西边的常羊山旁。

常羊山是炎帝诞生的地方,往北不远便是黄帝诞生的轩辕部落。眼看到了自己的故土,刑天还是一路相逼,黄帝实在是忍无可忍了,就拔出宝剑开始反击。刑天心想:天下本属于炎帝,黄帝篡权谋位,我要为炎帝夺回天下。黄帝心想:现在国泰民安,多亏我的治理,他人休想染指我的帝位。于是,刑天和黄帝各自使出浑身解数,厮打在一起。

不管怎样黄帝都是久经沙场的老将,又有九天玄女传授的兵法,便比刑天多了些心眼,他趁着刑天露出破绽之际,一剑向刑天的脖颈砍去,只听"咔嚓"一声,刑天的那颗像小山一样巨大的头颅,便从脖颈上滚落下来,落在常羊山脚下。

刑天一摸脖子上没了头颅,顿时惊恐起来,他连忙将右手的斧头放在了持盾的左手上,伸出右手开始在地上乱摸乱抓。他想要把自己的头颅找到,安在脖子上继续与黄帝大战。他摸呀摸,周围的大小山谷被他摸了个遍。高大的树木,突出的岩石,在他右手的触摸下,都折断了,崩塌了,但他还是没能找到那颗头颅。因为他只顾向远处摸去,却没想到头颅就在离他不远的山脚下。

黄帝害怕刑天找到头颅继续和他大战,连忙举起手中的宝剑向常羊山用力一劈,随着"轰隆隆""哗啦啦"的巨响,常羊山被劈为两半,刑天的巨大头颅骨碌碌地落入山中,两山又合而为一,把刑天的头颅深深地埋葬起来。

听到这异样的响声,感觉到周围异样的变动,刑天停止摸索头颅。他知道黄帝已经把它头颅埋葬了,他将永远身首异处。他呆呆地立在那里,就像是一座黑沉沉的大山。

黄帝松了一口气,以为刑天认输了。忽然愤怒的刑天身上散发出了强烈的红光,只见他赤裸着上身,双乳化作了眼睛,肚脐变成了嘴巴,他的身躯变成了新的头颅。那双乳的"眼"似乎在喷射愤怒的火焰,那肚脐的"嘴",仿佛在发出仇恨的咒骂,那身躯化成的"头颅"像山岳一样坚固,那挥舞的双手更加有力。刑天重新拾起武器,慢慢走向黄帝,恶狠狠地说道:"黄帝,我没死,我永远不会向你认输。我们再大战三百回合,来吧……"渐渐地,刑天开始变得神志不清,声音也越来越低沉。最后,他终于倒在了地上。

刑天虽然死了,但是他的不屈的精神感动了黄帝。于是,黄帝下令把刑天埋在常羊山脚下,并且设立祭祀的花坛来纪念这位不屈的勇士。

文中刑天的形象是一名将士,他勇猛善战,敢于挑战权威。虽说他不屈的精神值得我们学习,但是在他的身上也有明显的缺点,那就是不顾大局,一味地逞英雄之气。当时,在黄帝治理下的国家,国泰民安,形势一片大好,此时的刑天应该忘却个人的恩怨,不应再做无谓的牺牲。

望帝化鹃的告诫

在远古时代,蜀国的第一个王是蚕丛,蚕丛教会了当地百姓如何养蚕,"蜀"字的本义,就是蚕。很多年过去了,蜀国已经历经了三代帝王。

有一天,天上忽然掉下了一个叫杜宇的男子,他从天上降落到四川的朱提山上。杜宇长大后成了蜀国的王,号望帝。望帝心地善良,年轻有为,他精心治理着这片土地,深得百姓的爱戴。然而,有一件事情却一直困扰着望帝,那就是蜀国的水患。自从他即位以后,蜀国几乎年年都要遭水患,凶猛的洪水每年都要吞没大量的良田和房屋,威胁着百姓的生命。多年来,望帝虽也想尽办法治理,但始终不能根除水患,为此他特别苦恼。这一年,蜀国又闹起了水灾,望帝心里很着急,寝食难安,几乎每天都要查看灾情。有一天,望帝去查看灾情的时候,突然发现水中一具男尸竟然逆流而上,向他们漂了过来。望帝觉得奇怪,连忙让卫兵把尸体捞了上来,放在岸边的草地上。

令人吃惊的是,那具尸体被太阳一晒竟然复活了,他告诉望帝,自己是楚国人,名叫鳖灵,因失足落水,从家乡一直漂到这里。望帝听后觉得很奇怪,便和他攀谈起来。两人很谈得来,大有相见恨晚之感。望帝发现鳖灵非常有思想,他觉得这样的人才很难得。更加令望帝开心的是,这个人的专长是治水。

望帝此时正为治水发愁,鳖灵的到来简直就是雪中送炭。望帝想:"一定是老天看我蜀国水灾连年,可怜我蜀国的老百姓,才把这个人赐予了我。"于是望帝将鳖灵这个来历不明的人封为了宰相。

Chapter1 第一章
中国神话故事

鳖灵上任后,马上开始治理水患,他带着人仔细勘察了当地的水情,发现是由于巫山挡住了水流,才引起洪水泛滥。便下令开凿巫山,打通了水道,使水流从蜀国流到了长江。从此蜀国的水患得到了解决,人民过上了安居乐业的生活,鳖灵也成了人们心目中的大英雄。

望帝看鳖灵解决了蜀国的大难题,决定重奖他,可是鳖灵当时已经是宰相了,位极人臣,望帝无法再给他更多的奖赏了,便效法尧舜,把王位禅让给鳖灵,自己隐居西山了。

相传,鳖灵是一只鳖精所化。他做宰相的时候,一直很小心,可是当他成为周君以后,立刻居功自傲起来,他封自己为丛帝。而且开始独断专行,将臣民的意见当做耳旁风,过上了骄奢淫逸的生活。他大兴土木,大肆选妃,甚至连望帝的妻子都据为己有。

望帝得知这些事情以后,非常心痛,可是当时鳖灵已大权在握,望帝对他丝毫没有办法。于是他只能一天到晚地悲愤、哀泣,不久便抑郁而终。望帝死后,化作一只杜鹃,日夜悲鸣,老百姓听到这声音,都很想念望帝。望帝生前爱护人民,死后仍然惦念着百姓的生活,每到清明和谷雨这样的春耕大忙季节,他总是飞到田间地头,提醒百姓赶快耕种,不要错过农时。百姓为了感激他,就根据杜鹃啼叫的声音,给他起了"布谷鸟"这个别名。

读后感悟

故事中的望帝有颗善良的心,年轻有为,百姓非常爱戴他。但他却对来历不明的鳖灵不加调查就委以重任,为自己的国家和个人带来了莫大的损失。这就告诫我们,任何时候都要保持清醒的头脑,在事情没有调查清楚之前,不要轻率地作出任何决定。

后羿怒射九日

　　传说在古时候,天上有十个太阳,他们都是天帝和太阳女神羲和的儿子,羲和经常带着他们在东海洗澡,洗完澡之后,他们就像小鸟一样栖息在大树上,因为每个太阳的中心都是一只鸟。当黎明来临时,羲和便赶着龙驾,带着一个儿子在天空值班,其余的儿子就留在东海上。第二天,再带另一个儿子出去。他们十个每天轮流穿越天空,给万物带来光明和热量。那时候,人们在大地上日出而作,日落而息,生活得非常幸福和睦。

　　有一天,留在东海中的九个太阳神突然调皮起来,其中一个突发奇想,提议说:"我们兄弟十个一起去周游天空吧,那样一定很好玩。"其余八个顽劣的太阳齐声说"好",于是他们一起跃出东海,跑到了天空中。

　　就这样,十个太阳一起在天空中追逐打闹着,他们时而追赶高飞的小鸟,时而卧在软绵绵的云彩上打滚,别提有多高兴了。人们突然看见十个太阳同时出现在天空中,起初非常吃惊,接着就感觉酷热难耐,纷纷伏地,哀求太阳们赶快离去。

　　"哈哈,真好玩!我们就在天空中多待几天吧!"太阳们快乐地在天上飞来飞去,根本不理会人们的苦苦哀求。

　　好几天过去了,太阳们还在空中玩耍,一点也不累。这下,可苦了地上的人类和其它万物。森林着火,烧成了灰烬,许多动物也被烧死;那些在大火中没有被烧死的动物流窜于人群之中,发疯似的寻找食物;江湖干涸,鱼虾死亡,许多人和动物都相继渴死;农作物和果园枯萎,供给人和家畜的食物断绝；一些人出门寻找食物,却被太阳的高温活活烤死了；另外一些人则成了野兽的食物……人们在火海里挣扎着生存。不仅如此,太阳们的任性,还带动了地上的许多妖怪。海中的蛟龙、南方的火鸟,也纷纷出来作怪,残害人类。大地上的人们慌作一团,苦不堪言。

人间的哀号和祈祷声惊动了天帝,天帝对儿子们的胡作非为又急又气。这时,天上的神射手后羿站出来说:"天帝,让我去为民除害吧。"

天帝想了半晌对后羿说:"好吧,我赐你神弓神箭去人间除妖。至于我那十个顽皮的儿子,吓唬吓唬他们就行了,别伤害他们。"

于是,后羿带着他美丽的妻子嫦娥来到了人间。人间此时是一片凄惨的景象:大地裂着大口子,地上干枯的草木有的被火烧黑了,有的被风卷得漫天飞舞。许多晒死、渴死的人像枯木一样横在地上,没死的人奄奄一息地靠在树干上喘息。后羿痛心地闭上了眼睛:"真是太过分了,我一定要让他们见识到我的厉害。"

由于太阳都是天帝的儿子,所以后羿起初并不敢直接向他们开战,只是严肃的告诉太阳们:"天帝的儿子们,给人间带来光明与温暖的太阳们,快回到东海去吧。你们再这样肆意妄为,一定会遭受惩罚的。"

谁知道太阳们不但不听,反而对他叫嚣道:"哈哈,后羿,你不在天上做你的逍遥神仙,反而跑到人间来多管闲事。那就让你见识见识我们的厉害吧。"

十个太阳红着脸,在天上尽情地施展他们的神力。地上奄奄一息的人像被什么东西驱使着,他们想喊,干哑的喉咙却发不出声音,想躲避炙烤,又无力翻身。

"大胆后羿,见识到我们的厉害了吧?"

"你们再不回去,就别怪我箭下无情。"后羿拉满弓,大声警告道。

众太阳一看这架势,有些害怕了:"好了,今天也玩的尽兴了。我们就明天再见吧!"说完,就一起消失在天空中,世间瞬时变得寒冷黑暗。

第二天,太阳们又出来了。他们一看到后羿拉弓,就"嘻嘻哈哈"地跑了。一会儿,又"嘻嘻哈哈"地出来了。后羿由于顾忌天帝,一直不敢放箭。

几天后,太阳们摸准了后羿的心理,他们更加肆无忌惮地挑逗后羿、祸害百姓。愤怒无比的后羿咬着牙,抽出了天帝赐的箭,瞅准了一个太阳。

"后羿,不能放箭。"嫦娥拉住了后羿的手,"你别忘了,他们可都是天帝的儿子啊!天帝吩咐过你不要伤害他们的。"

"我就说过,后羿他不过是父王手下的一个小小天神,不敢把我们怎么样的,你们说对不对啊?兄弟们。"一个太阳轻蔑地说着,其他的太阳也都高声附和着,另一个太阳更是狂妄地说:"就算我们再晒死几个人,他也拿我们没办法。"

后羿被这些话彻底激怒了,他回头看了一眼那些饱受煎熬的人们,有的头垂在胸前不能动了;有的死死地盯着自己,慢慢闭上了双眼;有的死了还用期盼的目光看着自己。后羿咬咬牙,抽出神箭,拉满神弓,"啊——"地大喊一声,箭"忽"地飞了出去。

"噼啪!"一个太阳顿时爆裂,变成一只三脚乌鸦跌在了地上。

"嗖嗖""噼啪、噼啪"后羿一箭接着一箭放出去,太阳一个接一个中箭坠地。天空飞溅着火花,惨叫声不停。

"饶命啊,神射手,饶命啊,神射手。你把我们兄弟全射死了,谁来当太阳啊?"天上最后一个太阳东躲西躲,吓得大喊起来。

后羿不听他求饶,又拉满了弓,准备射杀。"神射手,留下它吧,我们不能没有太阳啊。"人们也哀求后羿手下留情,放过这个太阳。

最后一个太阳吓得浑身发抖,脸色惨白,他颤声说道:"饶了我吧,我以后再也不敢胡闹了,我一定老老实实、尽职尽责。"

后羿松了弓,在人们的欢呼声中迈着沉重的脚步回天庭了。

天帝知道后羿射杀了自己的九个儿子,震怒了,他本想处罚后羿,但是众天神都为后羿求情,最后,天帝冷冷地对后羿说:"后羿,我只是让你教训一下我的儿子,可你……唉,就算是他们咎由自取吧。我看地上的人那么敬仰你、崇拜你,你就和他们一块生活去吧。"于是,就把后羿贬到了凡间。

心情沉重的后羿带着嫦娥慢慢离开了天宫。

"欢迎神射手回来!神射手回来喽!"地上的人们看见后羿回来了,都非常高兴。从此,后羿和嫦娥就生活在人间了。

故事中的十个太阳,本来是每天轮流穿越天空,给万物带来光明和热量。却因为顽皮,同时出现在天空,给人们带来了灾难。后羿奉天帝之命去劝说他们,他们丝毫不知悔改,反而更加放肆,最终惹怒了后羿,引来了杀身之祸。在生活中,我们可不要这样。做了错事,一定要听从劝说,及时改正,不要一意孤行,害人害己。

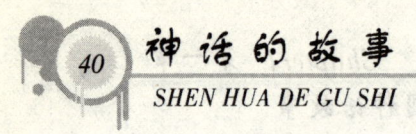

嫦娥奔月的传说

由于后羿把天帝的九个太阳儿子射杀了,天帝很生气,于是把他和妻子嫦娥一起贬下凡间。后羿刚到地上,就被百姓团团围住,受到了他们的热烈欢迎。

"神射手回来了,神射手真是我们的大恩人啊!"百姓争先恐后地感谢后羿。此时的后羿在百姓的称赞声中渐渐忘却了被贬凡间的屈辱,不禁自豪起来。后羿心中满是正义勇敢,从此,他更是铁了心地生活在凡间,造福百姓。

想着想着,无意中看到了妻子嫦娥有些落寞的神情。后羿心想,她一定还在为被贬凡间而苦恼,都是我太冲动,连累了她。她本是天上的仙女,仙女会永远年轻。但到了凡间就会有生老病死,如果嫦娥老了,从镜子里面看到自己老态龙钟的样子,一定会非常伤心的。不行,我得想个办法,不能让她变老。

于是,后羿挣脱了包围着他的百姓,走到嫦娥面前,握着她的手说:"你放心吧,我一定会想办法让你永葆青春!让我们夫妻长生不老的!我们要永远在人间过幸福甜蜜的生活!"嫦娥听了丈夫的话,终于舒展了眉头,露出了笑脸。

可是,很多天过去了,后羿始终没有找到长生不老的办法。

一次偶然的机会,后羿遇见了他昔日在天宫的朋友,后羿将自己的苦恼告诉了那位天神朋友:"我答应了嫦娥,要想办法让她青春常驻。可是,至今我还是一筹莫展。"

天神开口说:"别担心,我听说昆仑的西王母那里有长生不老药,你可以去找找看。"后羿听了,满心欢喜地谢过天神,然后回到家中告别妻子,踏上了西行之路。

后羿凭着坚忍不拔的精神,翻过化物成灰的炎山,越过一触即沉的弱水,最后攀上万丈山崖,历经万难,终于来到了昆仑瑶池见到了西王母。后羿把自己射日惹怒天帝,和妻子一同被贬凡间的事告诉了西王母,希望她可以赏赐长生不老药给自己。西王母听说了他的故事,非常佩服后羿的胆识和勇气,同时也感动于后羿对爱的执着,便答应把灵药给他。但是只有一颗灵药,西王母于是对后羿说:"灵药仅此一颗,你可要好好保管。这颗不老药是用不死树结的不死果炼成的。不死树三千年开一次花,三千年结一次果,炼出灵药又需要三千年。现在就剩下一颗,你们两人如果各吃一半,就能长生不老;但如果一个人独食,那个人便会升到月宫,成为月宫仙子。"

后羿点点头,辞别了西王母,很高兴地回家了。

"嫦娥,我拿到不老药了。"还没踏进家门,后羿便兴冲冲地喊道。

"真的吗?太好了,那我们以后就可以长相厮守,永不分离了。"嫦娥欣喜地跑出来迎接后羿。

后羿把仙丹交给嫦娥保管,并约好在八月十五的月圆之夜一起吃下。以后的日子里,后羿开始了忙碌的生活。他每天都帮助老百姓除害,天天早出晚归,不经意间冷落了嫦娥。嫦娥时常坐在窗边,遥望天空,回想着从前在天宫无忧无虑、逍遥快活的日子。那时候,丈夫时常陪伴在自己的左右,即使他出去打猎了,还有一群仙女和她在一起嬉戏。但是现在,只剩下自己终日在这里长吁短叹。想到这里,嫦娥叹着气,自言自语地说:"难道他的心中就只有那些百姓吗?我在他心中是什么地位呢?难道如花似玉的我就要这样每天顾影自怜、满腹委屈地终老吗?就算八月十五吃了仙药长生不老,又能怎样呢?他还不是整日忙着去帮助那些老百姓,看也不看我一眼!"

嫦娥越想越生气,不由得流下了委屈的泪水。

"既然这样,不如离开算了!"想到这里,嫦娥冲进屋里,拿出仙药一口吞进了肚子里。

"后羿,我一定会让你后悔的。"嫦娥暗暗发誓道。不一会儿,嫦娥觉得自己正徐徐升空,顿时恐慌起来,不停地呼唤着丈夫的名字,"后羿!后羿!"这时,后羿刚好打猎回来,见到妻子正徐徐向远处飞去,马上丢下弓箭,急得飞奔出家门,追赶嫦娥。"嫦娥!不要离开我!不要啊!"可是已经晚了,嫦娥衣袖飘飘,越飞越高,越飞越远,直至化为一个小点,消失在了天空中。

后羿颓然地坐在地上,伤心不已,喃喃地说:"嫦娥,你为何如此狠心?为什么要弃我而去?"

嫦娥望着独自垂泪的后羿,很是伤心,她的身体还在不由自主地上升,最后,她发现自己到了月亮上的广寒宫,成了月宫仙子。这里空无一人,寒冷无比,从此以后陪伴她的只能是无边的孤独和寂寞。

嫦娥非常后悔,她认为是自己的任性和冲动害了自己,也害了后羿,嫦娥在月宫中看着慢慢衰老的后羿,满脸是泪。

读 后 感 悟

"嫦娥应悔偷灵药,碧海青天夜夜心。"嫦娥的任性和冲动让她处于永远的孤寂与冷清中。这个故事告诉我们,做什么事情都要"三思而后行",冲动与任性只会让人后悔。如果嫦娥当时可以理解后羿帮助百姓的行为,也许悲剧就不会发生。所以生活中,当我们跟别人的意见出现了分歧的时候,要尝试与人沟通,站在对方的立场上去想问题,懂得包容与理解。

后羿与洛神分离

嫦娥偷吃了不老药,独自飞到月宫后,就剩后羿一个人孤零零地在人间,孤单的后羿经常一个人四处漫步。

有一天,他无意中来到洛水之滨,突然水面上飘来一阵缥缈的歌声,哀婉缠绵,让人有种想哭的感觉。

后羿顺着歌声飘来的方向望去,只见水边的卵石上坐着一位年轻的白衣女子,乌黑的长发垂至腰际。她的歌声很低,而她被包裹在忧郁与哀伤的气氛中,宛如一朵清婉的莲花,不可亵渎。后羿呆呆地看着,不知不觉地走近了她。

脚步声慢慢的靠近,白衣女子惊异地抬头,看见了一个英俊的陌生男子,禁不住退后了两步,美丽的双眸闪烁着一丝惊慌。

"你别害怕,我没有恶意。我是被你的歌声吸引过来的,"后羿急忙说。见白衣女子不语,后羿又说:"你的歌声很美,只是听起来充满了哀伤,你遭遇什么不幸了吗?"

这下,白衣女子才缓缓地开口:

"我是伏羲氏的女儿洛神,有一次我去黄河边游玩,河伯听到了我的歌声,他便强抢我做了她的妻子。我与他本来就没有任何感情,但是当时我只能屈从命运的安排,期望他能一心一意地待我。可是河伯他终日流连在山精水怪之间,我很想离开他,但是单单靠我一个人的力量,又很难逃出他的手掌心。"

白衣女子伤心地把自己的生活说了一遍。

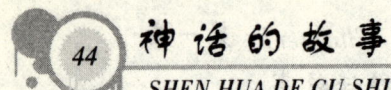

后羿听了之后,想到洛神这样如此美丽的仙女,竟然遭到河伯那样的对待,立即愤怒无比。

"真是太过分了,洛神,你放心吧,我一定会帮你离开河伯的。"后羿愤愤不平地说。

"千万不要啊,河伯他神通广大,你一个凡人,怎么会是他的对手呢?"洛神担忧地说。

后羿这才想起忘了介绍自己,于是说:"我不是普通人,我本是天神后羿……"

"你就是神箭手后羿?"洛神很吃惊,眼中闪烁着激动的光芒,"你的英雄事迹我早已听说过了,想不到居然能在这里遇到你。"

说完,洛神不由得低下了头,后羿此时也被洛神那惊世脱俗的美丽所吸引,他暗中发誓一定要保护她,让她不再受到河伯的伤害。

回到家后,洛神美丽的倩影和哀伤的神情在后羿的脑海里挥之不去。

于是,第二天,他又来到了洛水边。果然,洛神依旧在水边歌唱。

第三天、第四天……很多天后,他们一直相会在洛水边,谈天说地。慢慢地,洛神的神情不再哀伤了,偶尔还会露出一丝笑意。后羿偶尔会向她问起河伯的情况,但洛神每次都言辞闪烁,渐渐地,后羿也就不再提起。

有一天,后羿像往常一样来到洛水边等候洛神,然而洛神久候不至。接连几天,他都是失望而归,但他依旧每天站在洛水边等着洛神。

这一天,忽然有一个男子匆忙地赶来,对他说:"不好了,神射手,黄河发大水了,一条白龙在水中兴风作浪。许多人被淹死了,您快去救救他们吧。"

后羿匆匆忙忙赶到黄河边上,只见黄河两岸,大量的良田房屋被吞噬,人畜死伤无数。

一条巨大的白龙正张牙舞爪地在水中翻腾着,水势随着它的翻腾不断暴涨。后羿认出那条白龙就是河伯。

"河伯,快住手,我不会让你伤害百姓的。"后羿向河伯大声喊道。

"后羿,我终于等到你了,你竟敢勾引我妻子,今天就让你见识见识我河伯的厉害。"河伯恶狠狠地说道,它更起劲地摇起头摆起尾,许多爬到树上的人也被洪水冲走了。

后羿也不示弱,对他喊道:"你强逼洛神为妻,今天我就替她好好教训你。"说完,他搭上箭拉满弓,"嗖"一箭射了出去,正中河伯的左眼。

只听一声惨叫,河伯捂着血淋淋的左眼冲上了天,洪水也随之消退了。

"天帝呀,您要为我做主啊!后羿他勾引……勾引我的妻子洛神,我去找他理论,他竟然射瞎了我的眼睛。"河伯哭哭啼啼地向天帝说。

"河伯,你做的事我都知道,洛神早就被你抛弃了,她不是你的妻子了,你干吗还要囚禁她?后羿为人忠厚耿直,要不是你引发洪水,导致生灵涂炭,他岂会射伤你?"天帝不紧不慢地说。

河伯一听,明白天帝知道了他的种种恶行,便灰溜溜地回到了水府。

洛神从此获得了自由,她在水边与后羿相逢了。

后羿喜欢外出打猎,于是,洛神就离开洛河随后羿去了山林中居住,他们在那里过了一段幸福的时光。

时间久了,后羿发现洛神原本光滑白皙的皮肤出现细小的皱纹,乌黑的秀发也不像从前那样有光泽了,她美丽的容颜在一天天地衰老下去。

后羿明白了:"她是水神,必须在水边生活。没有了水的滋润,她就会日渐失去美貌与活力,到最后恐怕还会失去生命,我不能这样自私地把她留在身边。"

于是,后羿狠下心来对洛神说:"我们不可能生活在一起,你还是回到洛水去吧。"

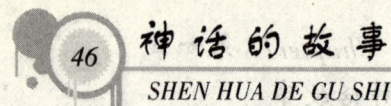

聪明的洛神知道了后羿的意思,这一天她早已料到,只是当离别来临还是会如此心痛。她恋恋不舍地对后羿说:"我命中注定要一辈子孤独。"说完,就伤心地回到了水府。

全文写了作恶多端的河伯被后羿射伤眼睛后,却恶人先告状,以为天帝并不知道自己所做的恶事,结果自然是碰了一鼻子灰。老话说得好:"若要人不知,除非己莫为""世上没有不透风的墙",这使我们明白,不该做的事,一定不要去做。犯了错误,千万不要存有侥幸心理而刻意隐瞒,更不要妄想能蒙混过关。

后羿之死

洛神的离开让后羿很心痛,他每天都坐在山林中消磨时间,抬头看着天空,想起了以前的美好时光。由于他射杀太阳、打败河伯,声名远扬,有不少人想跟他学艺,可是后羿要求很高,来拜师的人没有一个合他心意的,他们被后羿一一拒绝了。有一天,一个年轻健壮的猎人走了过来,恭敬地朝他行了个礼,然后说:"我叫逢蒙,想拜神射手学艺。"

后羿没有抬头看他,只是随手抓起几片树叶"嗖嗖"地向后抛去。逢蒙后退几步,看着树叶不停地眨眼睛。

"看着几片树叶就不停地眨眼,还想跟我射箭,你的资格还差的远。"后羿冷冷地说。

逢蒙失望地回到家,一言不发,呆呆地盯着窗外被风吹得"哗哗"作响的树叶出神。"扎扎扎",妻子织布的声音吵得他心烦。他烦躁地看了一眼不断发出声响的织布机。只见妻子织机的脚踏子飞快地动着,盯着它,人的眼睛就想不停地眨巴。逢蒙灵机一动,跑到织机下躺下,眼睛紧紧地盯着脚踏子。

几天后,逢蒙兴冲冲找到后羿,想告诉他如今即使针逼过来自己的眼睛也不眨一下。刚进门,后羿迎面扔过一个桃核。逢蒙一愣,回过神之后赶紧侧身闪避。

刚才是什么被我扔出去了?"后羿又冷冰冰地问道。

"是……是一个桃核。"逢蒙其实并不确定,只能凭着猜测结结巴巴答道。

"不对,是一块磨盘。眼力这么差还想跟我学箭?"后羿严厉地说。

逢蒙闷闷不乐地回到家,呆呆地望着屋顶出神。忽然觉得身上有些痒,逢蒙下意识地伸手去挠,一个肉乎乎的小东西被他的手指头触到了。逢蒙捏出来一看,是一只虱子。

逢蒙刚想掐死虱子,又停住了。他跑到牛棚,拽下一根牛尾巴毛,把虱子拴上挂在窗户上,自己站在门口两眼盯着虱子看。

半个月过去了,逢蒙又来找后羿,想告诉他自己能把一粒沙子看得有盘子大。刚进门,就听后羿命令道:"去,把天上飞的那只麻雀射下来。"

逢蒙拉弓搭箭,"嗖"一箭射了出去,一只麻雀应声落地。

后羿满意地点点头,笑着对逢蒙说:"逢蒙,你很聪明,也很能吃苦。我决定收你为徒,以后你跟我一起去打猎吧。"

后羿经常带着逢蒙出去射妖除怪。好多次,后羿在逢蒙的帮助下杀死怪兽,化险为夷。渐渐地,人们都知道了后羿有个射术高超的徒弟叫逢蒙。

每到八月十五,人们庆祝团圆的时候,后羿就会想起嫦娥,不知道她一个人在清寒的月宫中过得怎么样,有好多次他都伤心得不能抑制,黯然落泪。而逢蒙却没有意识到这一点,有一年八月十五的晚上,逢蒙兴冲冲地提着一坛酒来到后羿家找他喝酒。后羿此时正情绪低落,也想借酒浇愁,于是,他们师徒二人一连喝了十几杯酒。逢蒙喝在兴头上,醉醺醺地说:"师父,不如我们来比箭吧。"

岂料,后羿听了,扶着椅子摇摇晃晃地站了起来,指着逢蒙破口大骂:"你算什么东西,就凭你一个凡夫俗子也想跟我比试?我后羿是堂堂的神射手,我……射了……九日,呜……我回不了天宫……嫦娥,你为什么扔下我一个人?我……我不是神射手,我……不射箭了……滚!滚!"

逢蒙被后羿轰出了家门,他越想越生气,愤愤不平地说:"要不是我救你,你后羿不知死过多少次了,后羿,你等着瞧吧。今日的耻辱,他日我一定要你十倍偿还。"

有一次,百姓大摆宴席庆贺后羿和逢蒙除怪归来。席间,一队大雁高鸣着飞过屋顶。逢蒙想在众人面前显威风,于是冷笑一声,走出屋外。"嗖嗖嗖"连着三箭射出,"啪啪啪"连着落下三只大雁。"好!好箭法!"众人齐声喝彩。

后羿也笑着走出屋,"嗖嗖嗖"三声响弓,早已惊恐失措的大雁又"啪啪啪"落下三只。"神箭手!神箭手!"众人跑出屋,围着后羿齐声呐喊。被晾在一边的逢蒙气得咬牙切齿,他觉得自己和后羿旗鼓相当,但想不到风光全被后羿抢去了。他冷笑着,一条毒计酝酿了出来。

有一天晚上,后羿站在院中看着明月出神。"嗖"一阵暗风直逼后脑,后羿不假思索,搭箭拉弓回头放出。"铮!"两箭箭尖相撞,跌落在地。

趁着月光逢蒙青着脸又放出一箭,后羿迎着又是一箭。两箭相撞跌落在地。又一箭,又一箭……逢蒙一连射出九箭,又射出了第十箭,后羿一摸箭袋,空了。

逢蒙的箭直逼后羿喉咙而来。后羿仰面倒地,逢蒙眼见奸计得逞,心中暗喜。

"师傅,有人说我的技艺比你高超……"逢蒙阴阳怪气地边说边走近后羿。

正在他没有防备的时候,后羿突然站起来,从嘴中抽出箭,搭箭拉弓,直射逢蒙的脑门。

逢蒙万万没有想到,后羿还有这一招,吓得抱头鼠窜。他转过九株大树,还听见箭在脑后"呼呼"作响。

"师傅,师傅,快收箭,我没有害你之意。有人说我的箭术比你高超。我不相信,就找你比试一下。"逢蒙惊慌之余还为自己的歹念辩解。

"当!"脑后的箭落地了。

"逢蒙,这是'啮镞法'。也是我教你的最后一招绝技。记住,它的诀窍贵在出其不意!你可要好好练习。"后羿向惊慌失措的逢蒙喊道,全然没有发现逢蒙险恶的用心。

逢蒙擦着满头冷汗,唯唯称是,但心里却不服气。这一次没有除掉后羿,他心生不愤,脑海里又很快生成了另一条毒计。

有一次,逢蒙又随同后羿外出打猎。后羿拉弓射落了一只大雁,他跑过去弯下腰去捡。逢蒙见机会来了,便不声不响地拾起一根木棍朝后羿走去。后羿刚直起腰就被一根木棍狠狠地砸在了头上。他觉得头昏眼花,回头看见逢蒙正手执木棍,冷笑地看着他。后羿眼中流露出愤恨的神色,试图抽箭拉弓,但他此刻已经没有力气举起手了。他勉强吐出一个字:"你……"便颓然倒下了。

"师傅,只要你活着,我永远都不是最出色的射手,只有除掉你,我才能出头。出其不意,这是你教我的。哈哈……"逢蒙狂妄的脸和放肆的笑声渐渐消失了。后羿的眼睛慢慢合上了,他怎么也想不到自己英雄一世,竟会被自己的徒弟杀害。

> 　　故事中写到后羿的徒弟逢蒙妒忌后羿比自己箭术高明,认为有他在,自己永远没有出头的机会,因此一心想除掉师傅。后羿却没有发现徒弟的阴险。这正应了那句老话:"害人之心不可有,防人之心不可无。"这就告诉我们,在与人交往的时候,不仅要做出理智与慎重的选择,还要学会自我保护。当你还难以确定对方的为人时,保持一定的距离是很有必要的。

观世音的前世

古代,在西域有一个叫做妙庄国的国家。妙庄国的国王勤政爱民,深得百姓喜爱。可是,令他遗憾的是王后只生了两个公主,没有一个太子。妙庄王担心将来无人继承自己的王位,于是,他常常向上天祈求下一次王后能够生一个男孩。

王后又要生孩子了,此时,在夜色笼罩下的王宫一片忙乱。王后难产,急得妙庄王团团乱转,宫女、产婆、御医出出进进,大家都惶恐不安。谁也没有注意到,花园的莲池里,在碧绿的荷盖映衬下,万朵红莲参差开放,随着微风飘来一阵阵沁人心脾的清香。不一会儿,花香凝聚成淡粉色的一团云气悬浮在后宫上空。"哗",半空绽放出一朵荷花,徐徐坠入皇后的寝宫。"哇哇——"一阵洪亮的婴儿啼哭声让所有人悬着的心落地了。

妙庄王这时正焦急的等在宫外,宫女匆匆抱着婴儿来报告:"恭喜大王,王后娘娘又为大王添了个公主。现在母女平安,娘娘精神还好,公主啼声也很响亮。"

妙庄王听说生的又是一个公主,心中很不高兴,但接过公主一看,这个女婴通体粉红、散发着阵阵荷香,十分可爱。妙庄王不由地笑了,他为这第三个女儿取名妙善。

妙善公主逐渐长大,出落得美丽、聪明。不过,她与其他孩子不一样。她不羡慕繁华锦绣,只喜欢布衣素服;她不习惯山珍海味,只喜欢粗茶淡饭。转眼间,妙善十六岁了,到了谈婚论嫁的年龄。妙庄王为她的姐姐妙缘和妙因都定了亲,也着手准备为她定亲。

不料妙善听到这个消息后,大吃一惊,连忙回绝道:"父王,孩儿一心向佛,准备终身不嫁,出家为尼。"

妙庄王一听这话,非常震惊。便开导她说:"你不要执迷不悟,世人谁不愿意享受家室之好?何必放着现成的荣华富贵不享受,反去向往那虚无渺茫的佛呢?"

妙善公主回答:"孩儿决心已定,学佛修行是我的志向。"

妙庄王见她如此执拗,非常愤怒,于是下令将妙善关了起来,还不给她吃的和喝的。

妙善终日在自己的房间里闭目诵经。或许是她的诚心感动了天上的佛祖,每天半夜时分,妙善的面前就会自动出现食物和水。一个月过去了,妙庄王看妙善依然红光满面,又惊又气,便罚她去磨房干粗活。

妙善每日在磨房仍然闭目诵经。每到半夜,一阵"呼哧呼哧"声和"轰隆隆"声过后,宫中每日所需的面粉、豆腐就磨好了。一个月过去了,妙庄王看妙善仍旧精神饱满,又气又急,就又罚妙善去拣芝麻。

妙善整天还是闭目诵经。每天半夜时分,一阵"唧唧喳喳"声和"啄啄"声之后,高粱、谷子、豆子中的芝麻全都被拣到碗里了。过了一个月,妙庄王看妙善还是和从前一样,恼怒之余,就下令强行为她招亲。

很快,闻讯赶来的王孙公子有一百人。这一百位公子个个英俊潇洒、谈吐不凡。妙庄王拿不定主意,就决定带这一百位公子一齐去见妙善,让妙善亲自挑选。

哪知道到了妙善房间,却不见妙善的人影,桌上只留着张字条:"青灯古刹,不悔!粗茶淡饭,无怨!"

"她一定是偷跑去尼姑庵出家了,"妙庄王心想。他此刻怒气冲天,于是下令将全国的尼姑庵统统烧毁,让妙善无处容身。

这天夜里,火光冲天,到处都是惨叫与哀号,妙庄王一声令下,使得五百名尼姑被无辜地活活烧死。此时,正在睡梦中的妙庄王看见许多尼姑哭哭啼啼地大骂自己:"妙庄王,你真是毒如蛇蝎。我们都是被你活活烧死的。我们的脸上身上,全是烧焦的肉、烧起的疱。我们在佛国依然痛痒难耐,我们所受的苦难现在要一一还给你。"妙王庄看见大大小小的伤疤与脓包像一张网似的向自己罩来。"不——"妙庄王吓得从梦中惊醒,出了一身冷汗。一睁眼,哪里有什么尼姑,原来不过是一场噩梦,他这才长长地舒了一口气。

可是,几天之后,妙庄王忽然感觉浑身发痒,一挠就破。不一会儿,就浑身流脓流血,又痛又痒,而且恶臭难闻,谁都不愿到他身边,全国名医对此都束手无策。

一天,妙庄国来了一个老僧,说有办法治好国王的病。妙庄王听了,马上派人把他请进宫中,他给妙庄王开了一个药方:用亲骨肉的一只眼和一只手煎汤喝。

妙庄王忙派人去找两个出嫁了的女儿妙缘和妙因。谁知两个女儿一听,根本不同意。妙庄王伤心地长叹一声:"亲骨肉都这样,看来我的命没多久了!"

老僧见状,缓缓说道:"三天后,香山上,还有转机。"

三日后,浑身溃烂的妙庄王被人抬上了香山。只见那个老僧正站在山顶之上等待着他,妙庄王奇怪地问道:"大师怎么在这里?您说的办法是什么呢?"

老僧没有回答他,只是对他说:"借我的眼和手尽你三女妙善的孝心吧。"妙庄王还没有听明白他的话,正疑惑的时候,只见老僧默默地伸手抠出了自己的一只眼,又持刀砍下了自己的一只手。

手下们立即将老僧的眼和手熬成了汤,妙庄王喝了眼手汤后,顿觉浑身清爽,不一会儿,身上的烂肉纷纷脱落,重新长出了白白嫩嫩的好肉。"活神仙呀,谢谢你的救命之恩。神仙呀,谢谢……"妙庄王跪在浑身是血的老僧脚下感激涕零。

"多谢父王成全。"妙庄王忽然听见一个女子的声音,抬头一看,哪

有老僧,分明是自己的三女儿妙善。妙庄王呆呆地看着满脸含笑,完整无缺的妙善,惊得目瞪口呆。

"父王,今日我以一眼一手还了您的养育之恩,也算了却了我最后的凡愿。您口口声声称我神仙,托您的洪福,我现在终于得道成仙了。从今往后,我观人世间声音,便可解人间苦难。"妙善微笑着缓缓地说。

说完,妙善脚下缓缓升起一个莲花宝座,托着她慢慢地升上了天。

"女儿——"妙庄王抬头高呼妙善,妙善却渐渐消失了。

妙庄王一家自此留在香山,皈依佛门,积德行善。

妙善就是为我们所熟悉的、救苦救难的观世音菩萨。

故事描写了妙庄王不同意自己的女儿妙善公主修行,一心想着给她安排一个美满的婚姻,替她构想了一个美好的未来。为了阻挠妙善公主修行,他什么办法都想过了,但最终还是以失败告终的故事。这就告诉我们,任何时候都不要把自己的意愿强加在别人身上,否则只会失败。

大头怪成仙

南极仙翁从生下来就很丑陋,尤其是他的额头大得惊人,据说是因为女娲娘娘造人时疲倦,不小心捏成这个样子的。

由于身子承受不住脑袋的重量,所以他那颗沉重的脑袋总是垂下来朝着地面的。

大头孩子(即后来的南极仙翁)从小就生活在周围伙伴们的嘲笑声中,小孩子们一见到他就朝他做鬼脸、扔石头,并叫他"大头怪"。

大头孩子终于忍不住了,有一天,他下定决心要离开那些嘲笑他的人们,离开白眼与讥笑。于是,他独自一人钻进了大森林里。

大头孩子在大森林中一住就是好久。他饿了有可口的野果吃,渴了有清甜的泉水喝,更重要的是,这里空无一人,他再也不用害怕被人嘲笑侮辱了。就这样,大头孩子怡然自得地在森林中生活。可是日子久了,他难免觉得有些寂寞。

一天,他正在泉边喝水,无意中听到森林中有人在大喊大叫,便兴奋地循声过去。

他刚从树丛中露出了那巨大的脑袋,一个穿兽皮的人就看到了他,马上又惊又喜地大叫起来:"哎呀,快看!快看!一个大脑袋怪物。快!抓住他!"

一眨眼工夫,十多个围着兽皮的人手持枪棒,恶狠狠地向他冲过来。大头孩子大惊,抱着脑袋拼命地向森林深处跑去。

大头孩子确定那群人没追上来才停下,靠在了一棵大树上,大口大口地喘气。

"为什么他们也把我当怪物看?"他痛苦地向天大喊道,"既然连这里都容不下我,我还是另寻他地吧!"

大头孩子离开了森林,漫无目的地向前走,走着走着,也不知道走了多久。阵阵花香扑鼻而来,他抬头一看,只见自己正身处一个绿草如茵、河水清澈的地方。

"这个美丽的地方一定不会有嘲笑我的人了。"大头怪欢快地躺在草丛中,边采食手边鲜花,边欣慰地告诉自己。

大头孩子在这里平静地生活了很久。一天清晨,他像往常一样到河边洗脸。

"啊——怪物!"不远处突然传来一声尖叫,大头孩子抬头看见一个穿粗布衣服的女子惊恐万分地跑了。

"唉,这里还是有人嫌弃我呀!"大头孩子伤心地想着,"不行,还得赶快离开这地方。"

"我要去一个没有人烟的地方。"大头孩子边走边想。经历了一场场肆虐的大雨;蹚过了一条条夺命的泥沼;跋涉了充斥着风与沙的荒漠;翻过了被冰与雪包围的大山,终于,大头孩子来到了一个除了自己的足迹再无其他痕迹的地方。

这里既有皑皑的白雪,又有暖暖的春风;既有悄无声息的死寂,又有生机盎然的喧闹。大头孩子徜徉在这个有绿草有鲜花,有清泉有古木的地方,不禁兴奋地欢呼雀跃。

高兴过后,他感觉到肚子有些饿了,举目四望,发现不远处的山崖上,生长着一棵古松,枝头结满了棕色的松果。

大头孩子一鼓劲儿跑到了崖上。松树下有块突兀的岩石。岩石顶端立着一只浑身雪白,朱顶墨尾的鹤,岩石下卧着一只赭底白点的鹿,它们温和地瞅着大头孩子。

大头孩子摘了几颗松果津津有味地吃了起来,"我第一次吃这么好吃的松果,真好吃!"他一连吃了七七四十九枚松果才罢口。吃饱了,就依偎在梅花鹿温暖的身体旁美美地睡着了。

大头孩子在崖上一直把这棵老松树的松果吃光,吃了整整八十一天,与鹤鹿同眠了八十一天。

这天,大头孩子想下崖活动活动。他轻轻一跳,没想到身体就像棉絮一样轻飘飘地飞落下地。

数不清多少年了大头孩子一直在这住着,他吃遍了这里的草、花、果子。由一个大头孩子变成了大头老翁。仙鹤常常飞出山采一些种子,梅花鹿用角掘坑把种子种下去。所以,大头翁经常有新鲜东西吃。

有一天,仙鹤与梅花鹿突然变成了两个眉清目秀的小童儿。他们俩向大头翁徐徐一拜,说道:"仙翁,你到南极已经有几百年了,也该出去散散心了。明日王母娘娘在天宫举办蟠桃大会,咱们也去看看吧。"

"这……"大头翁有些害怕了。

"您放心吧,拜寿的礼物我们已经准备好了。咱们的桃子多得吃不完,送王母娘娘几个桃子,她一定很高兴。"鹿童子说道。鹤童子又说:"仙翁,您是不是担心您的样子啊?"大头翁点点头。鹤童子说:"您现在是鹤发童颜,笑容可掬,尤其是您这个大脑门儿,独一无二,天地的灵气全集中在这儿了,众神仙肯定羡慕。"听两个童子一说,大头翁有了自信,他爽快地答应了。

第二天,鹿童子从桃树上摘下一个硕大无比的仙桃,让大头翁托着,随后与鹤童子一前一后拥着他向天宫飞去。

天庭上,正当众神仙喝酒喝得热闹之际,突然听见鹤童子一声响亮的报到:"南极仙翁前来为王母娘娘祝寿!"人声鼎沸的蟠桃会一下子静了下来,正在大家纷纷猜测之际,南极仙翁在两个童子的带领下走了进来。

王母娘娘与众仙吃惊地看着这个手托仙桃的大头翁。眼亮的神仙一眼就看出大头翁寿命长得惊人,眼拙的神仙吃惊地发现大头翁带来的

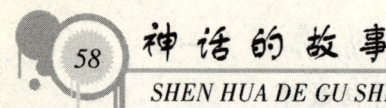

仙桃比王母娘娘的蟠桃大许多倍。

王母娘娘甚是高兴,忙命人摆座倒酒招待大头翁。席间,王母娘娘笑着对大头翁说:"您真是老寿星啊,您的年纪比太白金星都大!"从那以后,大头翁被天宫里的人称为"南极仙翁"或"老寿星"。

文中写了大头孩子从一个被人嘲笑的"大头怪"成长为人人敬仰的"老寿星",其间经历了很多磨难和痛苦的事。现实生活中的我们,也要记住:生活并不是一帆风顺的,困难和挫折并不可怕,相反,它们还可以磨炼我们的意志,促使我们更好地成长。

灶神传说

玉皇大帝的小女儿,非常聪明,惹人喜爱,生性活泼,最喜欢每天东游西荡,还时不时拿仙人们开玩笑。玉皇大帝拿她一点办法都没有,可是王母娘娘却格外地宠爱她。

有一天,这个小仙女没有事做,就悄悄溜进玉皇大帝的御膳房找东西吃。刚一踏进去,一股香味扑鼻而来,"真香啊,让我看看这是什么。"小仙女循着香味来到一个炖汤的瓦罐前,想揭开盖子看看里边到底装了什么。可是她刚一碰到盖子,就立即缩回手,"啊——"小仙女尖叫一声,手已经被烫红了,她急急忙忙地寻找清水,可是意外又发生了,慌乱的她刚找到清水,却不小心将水洒在了正在炖补汤的火上,火瞬间熄灭了。"这如何是好呢?都怪自己平时不好好练习仙法,连生火都不会。"小仙女急得团团转,"有了!"小仙女灵机一动,略施小计,让汤锅不断地冒气,她心想这样父皇就不会发现火曾经熄灭了。都弄好了,小仙女得意地溜出了御膳房。炖好的汤被端到了玉皇大帝跟前,他刚喝了一口,就觉得味道有些不对劲儿,没有平日里那样鲜美,他掐指一算,原来是小女儿搞的鬼。玉皇大帝一怒之下命人把小女儿带上来,对她说:"你这个丫头,顽劣不堪,现在就将你贬下凡间,让你尝尝凡间的苦头。"

被贬到人间,小仙女根本不难过,她本来就觉得天上的生活有些枯燥,现在反倒觉得周围一切都那么新鲜,便整天到处游玩,别提有多自在逍遥了。在一个风雪交加的晚上,贪玩的小仙女外出归来,可是怎么也找不到回去的路了。她又冷又饿,转过一个拐角,终于发现前方有一点光亮。"那里一定有人家居住",小仙女心里想着,不由得加快了脚步。她跌跌撞撞闯进了那个有亮光的后院,只见一个小伙子正趴在灶前烧火。小仙女本想向他求救,可是已经冻得发不出声音来了。小伙子听见脚步声,回头一看,一个陌生姑娘正冻得瑟瑟发抖,忙把她让到火前,又是端水又是热饭。小仙女的身子渐渐恢复了,她觉得有一股从未有过的温暖包围着自己,看着小伙子出出进进忙碌的身影,她的脸不知不觉地红了。

小仙女称自己迷路了,就在小伙子这里住了下来。他们经常坐在一起聊天,后来小仙女得知小伙子自幼就没了父母,一直在一个厨班子烧火。小仙女被他的善良和勤劳打动了,二人日久生情,几个月后就结为了夫妻。从此以后,他们夫妻二人一起给别人烧火做饭。日子虽然过得清贫,但也幸福美满。小仙女再也没有心思修炼了,一心和丈夫烧火做饭。日子久了,二人烧火的技术越来越娴熟,用什么火、用什么柴烧什么菜、烧多长时间、怎样控制火候,二人都一清二楚。很快,他们夫妇二人的名声就传开了。许多有名的厨子都喜欢请他们为自己烧火,说他们夫妇烧火做出的饭与众不同。

话说王母娘娘思女心切,悄悄下凡看望女儿。当她看见女儿穿着粗衣破衫,正灰头土脸地趴在地上烧火时,心疼地大哭起来。

回到天宫,王母娘娘伤心地对玉帝说:"玉帝啊,我实在不忍心看见我们的女儿在人间受苦了,她在人间跟着一个小伙子,穿着破烂的衣衫,每天烧火做饭,整个人都憔悴了很多啊。求你发发慈悲,让她回来吧!"

玉皇大帝一听勃然大怒,"什么?她不仅不在人间专心修炼,还私自跟凡人在一起,真是死性不改,我绝不会让她回来的!"

王母娘娘见玉帝不答应,天天在玉皇大帝面前啼哭不止,哭得玉帝心情很不好,便答应在腊月二十三自己过寿时让女儿女婿上来待上一天。

到了玉帝过寿这一天,各路神仙纷纷前来祝贺,为玉皇大帝送上他们精心准备的贺礼。南极仙翁拄着拐杖,笑呵呵地给玉皇大帝送来一对千年雪熊的熊掌。玉帝大喜,忙命厨师去炖,准备与众仙好好品尝。几炷香的工夫过去了,熊掌仍然没炖烂,众厨师都束手无策。急得玉皇大帝焦头烂额,找了太上老君又找太乙真人,诸位神仙的神火都用遍了,熊掌还没炖烂,玉皇大帝非常生气。

这时,小女儿主动前来请命,她偷偷地附在玉皇大帝耳边说:"父皇,让我和我丈夫试一试吧。"玉皇大帝一看是小女儿,皱了皱眉头,心想:你的丈夫是一个凡夫俗子,你的法力又那么低,我就不信你们能炖好熊掌。他正要拒绝小女儿,却被王母娘娘拉住了,王母说:"让他们试一下又能怎么样啊?"

玉皇大帝看在王母娘娘的面子上,就答应了小仙女的请求。

不到一刻钟,熊掌端上来了,众神远远就闻到了一股令人垂涎欲滴的美味,一尝之下,绵如豆腐。

"哪位仙人功力如此深厚,这么快就炖好了熊掌?老夫真是甘拜下风啊,你说是不是啊,真人?"太上老君摸着白花花的长胡子笑着对旁边的太乙真人说。

"老夫可真猜不出来啊,玉帝、娘娘,请赶快为我们揭晓答案吧。"太乙真人说,众神仙也纷纷附和着。

"是……是我的小女婿。"王母娘娘见玉帝不吭声,忙接话回答。

"令婿是何方神圣?道行真是深厚啊。"南极仙翁穷追不舍。

"是……是……"王母娘娘碍于玉帝的面子,总不能说女婿是个凡人吧,她结巴了一阵儿,急中生智,脱口说道:"是人间的灶王爷。"

"噢,怪不得呢?灶王爷的仙法真是堪称一绝啊!"诸位神仙纷纷奉承道。玉皇大帝心里也有些沾沾自喜了,自己的女婿总算有过人之处,便默许了他们二人,并且真的把小伙子封为"灶王爷",小仙女封为"灶王奶奶"。

玉皇大帝寿辰过后,这对夫妇执意要回到凡间,为人们烧火做饭,造

福人间。王母娘娘留不住他们,便哭着说:

"女儿啊,以后每年你父王过寿时你都要回来和母后住几天,行吗?"小仙女和丈夫点点头答应了。

从此以后,灶王爷夫妇二人每年的腊月二十三都要上天为玉皇大帝祝寿。百姓就在每年的腊月二十三都封灶打扫房子,好让他们干干净净、放放心心地去给玉皇大帝祝寿,这被称为"送灶神",也是为了纪念他们。

读后感悟

这则故事讲述了一个小伙子凭借着自己精湛的技艺,最终得到了玉帝的认可,成为"灶神"的事。它首先告诉我们,评价一个人不能像玉帝那样只看他的出身和社会地位,而要像小仙女一样观察他的性格与品质。此外,这个故事也提醒我们,要培养自己的兴趣,努力学习一技之长,因为拥有特长的人更容易受到别人的尊重与赞赏。

自愿为民请命的土地爷

据说,许多凡人修炼成仙后都纷纷跑上天宫享清福去了,只有一个神仙留在了地上。他就是百姓非常喜爱的土地爷。土地爷是个热心肠,什么事都乐意管。

他平时帮人们认天时、识地理,让人们安安稳稳地耕地、造房、烧陶制器,偶尔也管管人间的不平事。日子久了,土地爷也不把自己当神看,百姓也不把他当神看,人们偶尔遇到了这个灰不溜秋的小老头儿,就亲热地招呼一声:"土地爷!"

有一次,有些人不解地问他:"土地爷,您都是神仙了,为什么不去天上享福啊?"

土地爷叹息着说:"天上人间都是一样的,那些修炼成仙就上天去的神仙,分明是贪图享受、忘祖忘本,小老儿我可不愿意做那样的人。再说了,天上清规戒律一大堆,倒不如留在人间快活地当我的土地神呢。"

几个月过去了,原本安乐平静的人间开始变得令百姓苦不堪言,频繁的水灾,冲塌了桥梁,毁坏了良田屋舍。人们纷纷跪在地上向上天祈求,可是大水依旧没有退去的迹象。

这一切都被土地爷看在眼里,他心里满是怒气。他再也忍受不了天神们对人间苦难的熟视无睹,他气呼呼地说:"岂有此理,人在地上受苦受难,天上的这些所谓的神仙还不断地降灾降祸,简直太不像话了,我一定要上天为百姓讨个公道!"

说完，土地爷念叨几句咒语，脚下立即生出了一团云彩，土地爷一踏上云彩，云彩就冉冉上升，稳稳地将土地爷托上了天宫。

土地爷刚到南天门，就被守门的天兵拦住了，"喂，小老头儿，你站住！天宫禁地，岂容你擅自乱闯？"

"去向玉帝通报一声，说土地老儿要见他。"土地爷不慌不忙地说。

两个天兵听了，顿时哈哈大笑起来："哎哟！也不瞧瞧你这土头土脸的样子，还想见玉帝？也不怕你身上的泥巴弄脏我们的凌霄宝殿。你是哪个庙里的小神仙，快点报上名来。"

"哼！你们这些天兵天将，我成仙的时候你们还没转世呢。现在竟然敢嘲笑我？赶紧让我过去！"土地爷一怒，挥动拐杖向天兵天将打去。天兵天将没料到他敢动手，只能赶紧闪躲。土地爷的拐杖打在南天门上，南天门应声而开。

"不好啦！狂徒擅闯南天门啦！"众天将直着嗓子喊了起来。喊闹声惊动了正在宝殿上瞌睡的玉帝。

玉帝睁开眼，怒道："是谁在外边大喊大叫，让我觉都睡不好，各路神仙快去把他给我抓来。"

各路神仙领命，率数万天兵天将将土地爷团团围住，领头的神仙叫道："大胆土地，竟敢擅闯天宫，还不快快束手就擒！"

土地爷一见黑压压的天兵天将，笑呵呵地说："原来天庭上也是仗着人多欺负人少，你们若有本事就下来跟我斗斗。"说完一按云头，落到地上连个踪影都没了。

"咦？那个小老头跑哪里去了？"天兵天将看见土地一下子消失了，都急了。

"他是土地，土即他，地即他。"九曜星君说道。

天兵天将一听，忙跳到地上拿着兵器乱刨一通。刨了几下，一个天兵大喊道："金子！是金子！"天兵天将看见地上居然刨出了金子，高兴地捧着金子大喊大叫。

Chapter1 第一章
中国神话故事

哪知道话音刚落,手中的金子一软,变成水从天兵天将的指缝中溜走了。刹那间,地上的水越积越多,变成了汪洋,天兵天将眼看自己快被水淹没了,忙施法术浮上水面。刚浮起来,水瞬间又消失得无影无踪了,半空中的天兵天将"啪嗒啪嗒"都掉在了地上。他们手忙脚乱地爬起来,脸上、身上都是泥。

"哈哈,你们这些小孩,还想跟我斗?也不好好掂量掂量自己!"土地爷看着摔在地上狼狈不堪的天兵天将,笑得直不起腰来。

半空中的神仙眼见天兵天将都不是土地的对手,便纷纷按云落地,施展法力想要困住土地爷。土地爷用拐杖在地上捣了两下,霎时地动山摇。

众路神仙刚落地,还没站稳就纷纷跌倒在地。众仙没办法,只好驾起祥云返回天空。土地爷又用拐杖在半空晃了两晃,云层也跟着摇晃了起来,众仙又在云端跌得四脚朝天。

众路神仙都拿土地爷没有办法,只好领着天兵天将灰溜溜地回去向玉皇大帝报告。

南天门外,土地爷气得一蹦一蹦地骂:"玉帝老儿,你究竟是干什么的?你身为群仙之首,理应管理好众位天神,让他们循规蹈矩,各司其职。你倒好,放任他们滥施淫威。你睁大眼睛看看人间,今年连降暴雨,明年滴水不降;一会儿狂风大作,一会儿冰雹满地;今天一场瘟疫,明天一阵地动山摇。人间百姓已经够苦了,吃不饱,穿不暖,每天要辛辛苦苦地劳作,日晒雨淋,上有皇帝要敬,下有家小要养;前有阎王老子管,后有官吏豪强欺压。我今天来不为别的,只想为百姓讨一个公道?还有你们这些虚伪的神仙,一个个只会享受,难道你们忘记了在人间遭受的苦难了吗?你们忘记了成仙时发过的誓言了吗?玉帝老儿,快开门,我土地今日一定要面对面地把你这个昏庸的家伙骂醒!"

凌霄宝殿上,众神战战兢兢一声也不敢吭,玉帝也吓得躲在宝座后边,生怕土地会硬闯进来。

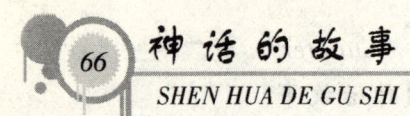

玉皇大帝在心中暗暗祷告着,如来佛祖啊,这个不知好歹的土地来天庭捣乱,您发发慈悲,救救我们这些神仙吧。

不一会儿,佛法无边的如来佛祖来到了南天门,土地看见佛祖来了,这才有所收敛,希望佛祖可以为他主持公道。

"土地,你要明白,神有神的世界,人有人的活法,各有天命,劫数难逃。你为人间百姓请命,虽然本意是好的,但一点用也没有。玉帝是众神之首,岂容你谩骂侮辱,你还是快快给玉帝赔礼道歉,化解这场干戈吧。"佛祖耐心地告诫土地爷。

"佛祖,我一直以为你心地仁慈、爱护众生。没想到你跟这些神仙一样,都是面善心不善,满口慈悲为怀,实则是心如铁石的冷血动物。我真是有眼无珠,错把你当做人间的救星。"土地爷痛心地说道。

如来佛祖心中非常愤怒,不露声色地一挥手,土地爷的周围忽然卷起一阵狂风,可怜的土地爷便被扫入了太上老君的炼丹炉,无法脱身了。

"既然他如此执迷不悟,就让他受到应有的惩罚吧。"佛祖说完,就飘然而去了。

七七四十九个时辰后,炼丹炉打开了,可怜的土地爷被烧成了一尊泥塑。他既不能说话,也不能走路,只是对所有人笑呵呵的。

土地爷的泥塑被重新抛回了人间。百姓们知道土地爷遇难,都非常伤心。虽然土地爷没有了以前的神力,不能上天入地了,但人们依然坚信他为民请命的精神会保佑大家,于是,他们纷纷建庙设案,把土地爷的泥像供了起来。不管是穷乡僻壤还是孤陋村社都建了土地祠,设立了土地神位。

新中国成立以前,四川很多地方流行以下两副土地庙对联:

多少有点神气;大小是个官员。横批:独霸一方。又一联:黄酒白酒都不论;公鸡母鸡只要肥。横批:尽管端来。

据说,清朝时,北京紫禁城周围的一条街上,住着一群亲王、太监之类的人物。他们偷鸡摸狗,胡作非为,干出许多荒淫无耻、荒诞不经的事

情,周围的平民百姓却不敢出声。一天夜里,有人在土地庙贴出一副时联:

这一街许多笑话;我二老从不吱声。

此联妙在假借土地公、土地婆的口吻,揭露他们的丑闻,表明了这些人的糜烂生活,令人忍俊不禁。

>　　土地爷不喜欢天上的神仙只知享乐,不管民间疾苦的作风。他就自愿为民请命,勇于上天向玉帝讨个说法,结果不幸遇难。百姓们得知土地爷遇难,非常痛心,他们纷纷建庙设案,供起了土地爷的泥像。就连穷乡僻壤、孤陋村社也建了土地祠,设立了土地神位。现实生活中的我们,也要像故事中的百姓一样懂得感恩,对于那些帮助过我们的人,我们都要铭记于心。

为人称道的干将莫邪

春秋战国时期的越国有个人名叫欧冶子,他的铸剑技术天下闻名,经他铸成的宝剑削铁如泥,各国诸侯都纷纷请他去铸剑。欧冶子眼看自己慢慢地老去,一身绝技无人传承,便很想找一个传人。

于是,他四处寻访,最后终于在一家铁铺门前找到了一对理想人选:他们是干将莫邪夫妇,他们天生就是铸剑的好手。欧冶子觉得这两个人资质非常好,就收他们做了徒弟,将自己冠绝古今的铸剑技艺倾囊相授。

不久,欧冶子离开了人世,而干将莫邪继承了师傅的技术,成为了一代铸剑名师,二人声名远播,很快就传遍了各个诸侯国。

在某一年的战乱中他们夫妻二人辗转流亡到了楚国。很快,他们来到楚国的消息就传到了好大喜功的楚王耳朵里。

楚王于是召见二人入宫。二人一入宫殿,就看见两侧摆满了各式各样的兵器,刀枪剑戟无一不有。

楚王坐在宝座上,傲慢地说:"听说你们两个是铸剑的高手,宝剑是寡人最喜欢的东西,可是你们看看周围这些兵器,都是些破铜烂铁,如何能衬托出寡人的英明神武呢?"

干将莫邪不敢得罪楚王,于是连连点头,同时也猜到了楚王的用意。

果然不出他们所料,楚王接着又说:"所以啊,寡人希望你们夫妇二人为寡人铸一把天下无双的宝剑。"二人还没来得及答应,楚王就拍了拍手。几个壮士随即出来,他们或抬或扛,把众多奇石异铁放在了二人眼前。其中还有天底下最珍贵的乌金、玄铁。

"这些都是寡人多年来的收藏,现在都交给你们了,你们一定不要辜负寡人啊!"楚王得意地笑着说。干将莫邪领了命令,背着楚王给的铸剑材料回到家中,开始尽心尽力地为楚王铸剑。

为了铸成一把绝世好剑,让楚王满意,干将甚至拿出了自己多年来搜集的寒铁精华,莫邪支起了铸剑的炼炉,夫妻二人全心全意地投入到紧张的工作中,不分昼夜地守在炼炉前。一天一天过去了,干将莫邪的炉火染红了头顶的天空,可是仍然有大部分奇石异铁没有熔化。眼看三个月过去了,楚王等得有些不耐烦了,便把干将叫来问剑铸到了什么程度,干将如实禀告了楚王。

楚王非常不高兴,可是没有别的办法,只能继续等下去。后来的日子里,楚王越来越没有耐性了,隔三差五就派人催促,看到剑还没有铸好,便会大发雷霆,把干将莫邪臭骂一顿。

干将莫邪每天身心疲惫地铸剑,三年的岁月在他们的脸上仿佛留下了三十年的痕迹。终于这一天,正当他们淬炼炉中剑模的时候,一朵七色彩云化入炉中,剑模分成了两块,形成了一对宝剑。夫妻二人抱头痛哭。几年来他们已经认识到了楚王的残暴,他们知道宝剑交给楚王之日,便是他们生命终结之时。

这时候,莫邪已经怀有身孕。于是干将将宝剑分了雌雄,雄剑取名干将,雌剑取名莫邪。干将带了雌剑进宫,临走前告诉莫邪:"我这次走了,恐怕就永远也回不来了,你要坚强地把我们的孩子生下来,等他长大了,让他用这把雄剑,替我报仇。"说完干将就走了。

事情果真被干将猜中了,楚王得到宝剑后,满意地笑了,然而眼底却是一片冰冷,他说:"我决不允许世上有更好的宝剑。所以,你的下场就只有死。"说完,便下令处死了干将。

干将走后,莫邪知道他此行是一去不复返了,为了孩子,她唯有坚强地生活下去。于是,她伤心地收拾好行装,前往一个小山村里隐居。后来她生下了一个男孩,取名赤。赤的相貌非常奇特,两个眉毛之间竟然

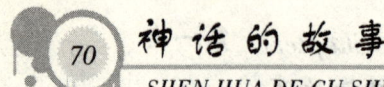

有一尺的距离。

弹指间,已经过了十七年,此时的赤已经长成了一个健壮的小伙子。有一天,莫邪拉着赤进了屋里,郑重而严肃地对他说:"孩子,你以前不是问过你爹的事吗?当时,时机尚未成熟,所以娘没有对你说,现在是把这件事告诉你的时候了,你的父亲是被楚王害死的……"

赤听了母亲的话,满腔怒火,他坚定地说:"娘,你放心,孩儿一定刻苦练剑,杀死楚王,为爹报仇。"

就在赤加紧练剑的这段时间,楚王一直忐忑不安。有一天,他在梦中见到一个眉间有一尺长距离的少年,扬言要为父报仇,随后用一把寒光闪闪的宝剑刺入他的身体。

楚王从梦中惊醒,便命令手下将梦中男孩的画像张贴到各处,并悬赏重金通缉他。赤每到一个城镇,都能看到通缉自己的布告,于是只能躲进深山。他见自己无法替父报仇,越想越伤心,忍不住大哭起来。这个时候,突然有个壮士来到他的面前,那人问他:"孩子,你遇到了什么麻烦,为什么哭得这么伤心啊?"赤停止了哭泣,把自己的遭遇原原本本地告诉了陌生人。

这个壮士听后非常感动,坚定地对赤说:"孩子,你肯相信我吗?我愿意为你报仇。"赤疑惑地看着他:"你用什么方法为我报仇呢?""你得把你的头和你的宝剑借给我,我带着你的头去请赏,楚王一定会对我放松警惕,这样,我就可以趁机杀死楚王。"

赤一听这话,立刻跪下给壮士磕头:"只要你能为我父子报仇雪恨,你让我做什么我都愿意。"赤说完,毫不犹豫地拔出宝剑把头割了下来,用双手捧给陌生人,但身躯却屹立不倒。

壮士接过了赤的头和剑,伤心地对赤的身躯说:"放心吧,我一定要杀死楚王。"赤这才缓缓地倒下。

壮士默默地埋葬了赤,然后拿着赤的头颅和宝剑去见楚王。楚王见这头和剑跟梦中见到的一模一样,高兴极了,连忙召见了这名壮士。这

中国神话故事

名壮士来到楚王面前,对他说:"这个孩子虽然年纪不大,却是个勇士。勇士就应该放在鼎中煮,这样他的鬼魂就不敢来伤害大王了。"楚王信以为真,立刻传令道:"来人,马上为寡人准备一口大鼎,将这颗头颅放入大鼎中,用大火煮沸。"

于是,赤的头颅很快被投入到装满水的大鼎之中,谁知道煮了三天三夜,赤的头颅依然完好无损,而且还时不时地跃出水面怒视楚王。

楚王见了这景象,心里非常害怕,不知该怎么办才好。

这时候,那名壮士对楚王说:"这孩子的怨气太重了,大王有神灵庇佑,只要您亲自到鼎边察看,他的怨气就一定会烟消云散。"于是,楚王战战兢兢地来到鼎边,刚刚把头伸过去,壮士就以迅雷不及掩耳之势拔出宝剑斩下了楚王的头,楚王的头颅应声落入了鼎中。壮士看自己完成了承诺,站在鼎边仰天大笑,然后在众大臣的惊慌中,拔剑自刎,将自己的头颅也抛入了鼎里。

三颗脑袋迅速被煮烂了。等到楚王的大臣们把骨肉捞出来想要安葬的时候,已经分不清哪个是楚王的脑袋了,无奈之下只得将他们分成三份进行厚葬。赤终于报了父亲的深仇,而壮士也遵守了自己的诺言,他们的孝、义永远让后人感动。

相信大家读完全文一定会感动于文中赤的孝心和壮士遵守诺言的品格。当然,故事并不是要求我们像他们那样用自己的生命来尽孝心、守道义,我们只需学习两点:一是要有孝心,二是答应别人的事要尽量做到。

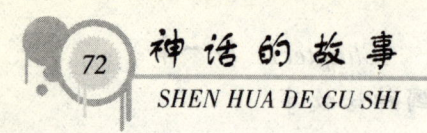

天女散花装扮人间

这几天玉皇大帝心情不是很好,完全是那些地仙们惹的祸。原因是地仙们一回到天宫就不想再回到人间,他们喜欢天上的仙花,这些花在人间是看不到的。他们结伴在仙花丛中嬉戏喝酒,有的地仙还偷摘仙花藏在袖中。虽然说仙花可以长开不败,但摘了又要等上千年才开。玉皇大帝不想责怪地仙们,但是又不忍心看到妹妹花神的辛勤结果被他们损坏。于是找他的妹妹花神诉说。

花神听完玉皇大帝的诉苦,笑着劝慰道:"哥哥不必烦恼,地仙们之所以不愿回到人间,说明他们对你和仙花无比留恋,他们偷采是因为人间没有仙花,而他们又十分喜爱仙花。还是让我送他们一些花种吧,这样人间也会有仙花盛开了。"

玉皇大帝说:"可以送一些花种给他们,可是仙花要开一千年才谢,结出果子也要一千年时间,落子还需一千年。他们得到花种,需要三千年。花种种下地,需要一千年发芽,一千年生根,还需生长一千年,这样才能开花。只怕到时人间有花,天宫却没花了。"

花神觉得玉帝的话很有道理,就不再说话,低着头在花间走来走去,思考如何解决这一难题。稍后,她很有信心地对玉帝说:"哥哥放心,我一定想办法种出一年之内就能开花结果的花种子。"

花神辞别了玉帝,她拨开云雾,开始在大地上仔细寻找,突然一个深不可测的地陷出现在她的视野里,原来这就是当年盘古倒地的地方,花神在这里仔细地找啊找,她在寻找着能变成花草的盘古的汗毛。盘古的汗毛有的已变成了草木,有的被花神带到了天宫,早就变成了仙花。现在想找到遗留的汗毛,可不太容易。不过,通过努力花神还是找到了一百根盘古的汗毛。

"听说西方净土山上的土可以使种子快速发芽,不管西方的风沙多大,我也要把土取回来。"说完花神向西方飞去,她飞啊飞啊,飞行了三万三千三百三十三里,终于到达了净土山。花神挑了满满两担土回到了地陷处。过了四十五天,汗毛开始生根发芽了。

"听说东方有个真水潭,用潭里的水浇花,花枝可以飞快地生长。不管东方的暴风雨多猛烈,我也要把潭水取回来。"说完花神向东飞去。飞啊飞啊,飞了足足六万六千六百六十六里,终于来到了真水潭。花神装了满满两瓶水回到了地陷处。花种浇了真水潭里的水后,仅仅过了三十六天就开始越来越茂盛了。

"听说南方有个善水湖,用善水湖里的水浇过的禾苗,花骨朵很快就能绽放。就算南方的太阳再毒辣,也阻止不了我前行。"于是花神又挥动衣袖,向南飞去。飞啊飞啊,飞了足足九万九千九百九十九里,终于飞到了善水湖。花神又装了两罐善水回到了地陷。浇了善水的花枝,二十七天就开始慢慢长出了鲜嫩的花苞。

"听说北方有个美水海,用美水海里的水浇花,艳丽的花可以很快开出。就算北方的冰雹再严酷,也休想冻结我的热情。"花神再次鼓舞精神,向北飞去。飞啊飞啊,飞了十万八千里,终于来到了美水海。花神装了两大坛美水回到了地陷。花苞饱吸美水后,只有短短的十八天就绽放了。

最终,盘古的一百根汗毛长成了一百种花,开出了一百种不同的姿态。"真美啊!""真香啊!"看到这些美丽的花儿,花神发自内心的表示了自己的幸福。

"人间明年就变成美丽的花园了。"花神兴奋地想,但一转念,她又想到:"为什么人间要等到明年才有花呢?这些盛开的花今年就要开在

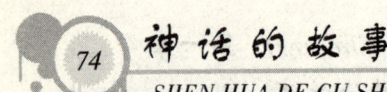

人间,我要让它们在人间开花、结果。"

想到这里,花神立刻挥袖飞回了天空。

玉皇大帝听了花神的汇报高兴地说:"真是太好了!妹妹辛苦了!我马上派一百位仙女跟你去采花,一人采一种,然后让她们把花撒向人间。"

这是一个风和日丽的日子,轻柔的音乐飘荡在碧蓝的天空。一百位美貌无比、衣袖飘飘的仙女在天空回旋,她们挥舞着优美的手臂,轻轻地把朵朵鲜花撒向人间。

"天女散花喽,天女散花喽!"早就从地仙处得知消息的人们兴奋地呼喊着。美丽的花儿飘向了山、飘向了水;落入了豪门宅院,也落入了寻常百姓家;繁华喧闹处落满了花,荒凉清幽处也到处是花。花儿飘落到了人间的每一个角落,从此人间也便有了各色各样的花。

> 故事中的花神为了种出一年之内就能开花结果的花种子,经历了千辛万苦的努力。正是由于她的不怕困难、坚持不懈,终于为天庭和人间创造了奇迹。看了这个故事,你还会为学习中的一些困难而放弃努力吗?"一分耕耘,一分收获",这是永远适用于我们生活的真理。

关公的红颜长须

古时候,有一对夫妻,人到中年仍膝下无子,整日求神拜佛盼望得子。

一天夜里,睡梦中的妻子朦朦胧胧看见一条红色的巨龙伏在自己脚下哀求说:

"大妈,我是天上的火龙,天帝命我放火烧城,我不忍心,只在城门放了把火。不料被天帝识破,现在我要被贬下凡间受罚,求你收留收留我吧。"

说完,一声霹雳,火龙不见了,村妇也从梦中惊醒了。屋外狂风大作,大雨哗哗地下个不停。

第二天,天亮了,雨也停了。村夫一开家门,屋檐下有个红布包裹,里面一个浓眉大眼的孩子睁着眼睛瞅着他笑。村夫十分惊异,忙呼唤妻子说:"老婆,快看,我捡到一个孩子!"村妇一听,急急忙忙地从屋里跑了出来:"哎呀,这个孩子真是可爱,一定是老天爷可怜我们,所以赐了这个孩子给我们。"

夫妻俩中年喜得贵子,感觉真是喜从天降。妻子想起昨夜的梦,便给孩子取名:龙儿。

这个孩子从小身体强壮,很少哭闹。

长到十几岁时便成了一个身材魁梧、相貌堂堂的男子汉。他有着侠义心肠,喜欢打抱不平。

一天,龙儿到城里卖柴。走到半路,遇到一对哭天抢地的老夫妇:

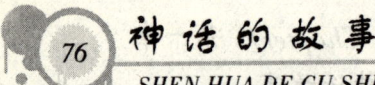

"女儿啊,你让爹娘怎么活呀!"

他感到很奇怪,就上前问道:"老婆婆,出了什么事啊?"

老婆婆一把鼻涕一把眼泪哭诉道:"家乡遭遇了饥荒,我们一家三口逃难来到此地。街头行乞时,一伙人抢走了我的女儿,我们到县衙报官,还没把话说完,就被衙差乱棒打出了县衙。好心的人悄悄告诉我们,抢人的是县太爷的小舅子。你看看这世道,真是没天理啊。"

龙儿一听,一下子怒气冲天,他对二老说:"你们放心,我去替你们讨个说法。"

龙儿放下干柴,径直走到县衙门口,击鼓喊冤。

"是谁在击鼓鸣冤啊,打扰了本大老爷的清梦。赶快给我带上来。"过了半响,县官才睡眼惺忪地升堂问案。

龙儿强压怒气说:"大人,我今天要替一对老夫妇状告你的小舅子强抢他们的女儿。"

"哈哈,我没听错吧? 你敢告我的小舅子? 我看你是活得不耐烦了。"县太爷哈哈大笑起来。

"大人,王子犯法与庶民同罪,还请你秉公执法,大义灭亲。"龙儿说道。

"内弟、内弟!"县官转身冲后堂喊起来。

只见一个肥头大耳的富家公子走了出来。

"内弟,这个小子要告你,要我治你的罪。"县官媚笑着说。

"告我?! 你出去打听打听,有谁不知道我胡大少的大名。你是谁,敢告我? 姐夫,你还等什么啊,赶快把他轰走啊!"

县太爷一声令下,众衙差一齐上来轰龙儿,但龙儿依旧纹丝不动地站在那里,怒目直视县官和胡少爷。

"哟,你还想站这儿找死啊?"胡大少一边说一边从桌上抽出一柄宝剑扑了过来,"看你的肉结实,还是这剑锋利!"

看着胡大少趾高气扬的样子,龙儿大喝一声,一把夺过宝剑,反手刺

Chapter1 第一章
中国神话故事

向他。胡大少身体笨重,躲闪不及,哼了一声倒在了地上,血从胸口汩汩地往外冒。

县官扑到胡大少身旁,指着龙儿颤抖着说:"你……你……你杀了人。快……快来人啊……"

不待他喊完,龙儿挥剑向他颈部砍去。县官的声音戛然而止,人头"咕咚"一声落在地上。

"杀人啦!抓住他!"衙差大喊道,可是无人敢上前捉拿他,龙儿此时也意识到自己闯大祸了,夺门而出,向城门跑去。等他跑到城门口,许多官兵堵住了城门,一见他就呐喊着围了过来。龙儿一见情势不妙,转身又跑回到城里了。

龙儿到处躲藏,一直到天黑他也没逃出城。又累又饿的他跌跌撞撞跑到了河边。

岸边石头上坐着一位白发苍苍的老太太,她对龙儿说:"小伙子,过来!"龙儿有些迟疑地走了过去。"坐下!"老太太的口气非常生硬。龙儿依言坐在了她身边。

她从怀中掏出一把梳子,不等龙儿反应过来,她按着龙儿的头就给他梳洗起来。

远处的桥上传来官兵的喊声。龙儿一急,想起身逃跑。老太太用力一按,他感到这个老太太力量大得惊人,自己动弹不得,只能乖乖地坐在了地上。

"噌噌噌"三声,龙儿感到头皮被拽得生疼,只见老太太从他头上扯下三绺头发,唾了口口水,往他脸上一按,又随手"啪"地打了他一巴掌。

龙儿觉得鼻子里好像有东西慢慢流出来,用手一摸,全是血,心里十分害怕,他一脸不解地看着老太太。

"去洗洗脸。"老太太又命令道,声音里带着不可抗拒的威严。龙儿只好趴在河边洗起了脸。

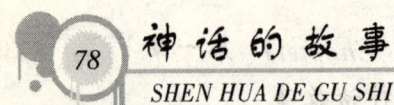

"老太婆,见到一个白脸高个、浓眉大眼的小子了吗?"官兵气汹汹地跑到岸边问。老太太摇了摇头。

"这有一个人,看看他!"随即,龙儿被人从后颈上提了起来。官兵一看,说:"不是他,走!继续追!"龙儿很是奇怪官兵没有认出自己。这时,官兵已经走远了。龙儿想找老太太问个明白,可是一转身老太太已经消失得无影无踪了,她刚才坐的地方放着一个饭钵,里面放着几个馒头。

龙儿的肚子早已经饿得"咕咕"叫了,他不管三七二十一,抓起馒头狼吞虎咽地吃了起来。吃饱后,龙儿就靠在桥墩旁一直等待太阳升起,竟在不知不觉间睡着了。

等到他醒来时天已大亮了,龙儿来到河边一边俯下身子洗脸,一边思索出城门的策略。突然他被水中的自己吓了一跳,脸如红枣,双眉入鬓,凤眼斜立,三绺长须飘在胸前。

他用水使劲搓脸,怎么搓也搓不白,用手揪胡须,胡须就像是生了根似的。

"这是怎么了?我怎么会变成这个样子?是那个老婆婆,对,一定是她。"龙儿这才恍然大悟,是神人改变了自己的相貌,挽救了自己。想到这里他不禁又喜又悲,喜的是再也无人可以认出自己,这下可以轻易出城门了;悲的是自己从此有家不能回,有亲不能认。他无奈地叹息一声,决定出关口去。

"姓什么?"关兵问道。

龙儿情急之下抬头看见关口写着"潼关"二字,便脱口而出:"姓关。"

"叫什么?"关兵又问道。

此时空中飞过一只鸟,一根羽毛掉在了龙儿脚下。鸟儿丝毫不介意,追着一朵随风见长的云飞走了。龙儿随口答道:"名羽,字云长。"

"走吧!"关兵放行了。

龙儿走出了城门,却并没有回家去,而是转身向相反的方向大步走去。后来,他的名字就改成了"关羽",关羽出关之后结识了刘备和张飞,三人在桃园结拜为同生共死的好兄弟,一起创立伟业,最后为刘备争得了三分天下之一的蜀国。

我们故事讲到的龙儿,也就是关公,满怀正义之心,看到县太爷和胡大少为非作歹,一怒之下结果了他们的性命。这在当时来看,是做了一件为民除害的好事情。但是,现在社会中,如果人人都像关羽一样,用武力解决问题,那将是多么可怕的事情。所以,我们可以学习关公的高尚品格,但他解决问题的方式是不可取的。

门神是怎么来的

每年的除夕夜,家家户户都喜气盈门,人们除了吃饺子、放鞭炮之外还会做一件事——贴门神。贴门神盼的是全家平安,防止妖魔鬼怪的入侵。看着这两个手执玉斧,腰带弓箭,凶神恶煞的门神,你一定会问他们究竟是谁呢?他们其实就是唐代的名将秦琼和尉迟敬德。贴门神这个习俗是从唐初开始并且一直延续下来的。

隋朝末年,天下大乱,军阀混战。李世民和父亲李渊从太原起兵,降服了瓦岗寨、扫平了窦建德、镇压了杜伏威,历经百战,终于一统天下,成就了霸业。后来李世民与兄长争皇位,发动了"玄武门之变",杀死了自己的兄弟李建成和李元吉,逼迫自己的父亲让出了皇位。

登基之后的李世民一直对这件事耿耿于怀。有一天,睡梦中的李世民蒙蒙胧胧来到了一个阴森恐怖的地方,他看见两个人影朝自己走来,黑暗中难以看清楚他们的真实面目。

"你们是谁?见到了朕,还不赶快下跪?""哈哈哈……"一阵凄厉的笑声传来,"皇上这么快就忘记兄弟了吗?""大哥?三弟?是你们吗?朕……真是愧对……愧对你们啊。"李世民战战兢兢地回话。

"这个皇位本来是父皇留给我的,你居然狠心地将我二人杀死,你有什么资格做皇帝?我现在要你还我的帝位,还我的性命……"说着那两个人影走出了黑暗中。李世民一见,顿时十分害怕,只见他们一个个浑身是血,青面獠牙,伸着手要取自己的性命……

"啊——"他尖叫着从床上惊醒,吓出了一身冷汗。

从这以后,李世民经常梦见兄弟的鬼魂向他索命。他每天心烦气躁,处理朝政时也心不在焉。所有的太医都绞尽了脑汁,用尽了办法,可是效果一点也不明显,皇帝的龙体还是日渐消瘦。这时候,谋臣魏征向李世民提了个建议:

"臣听说武功县黄雀寺有位住持大师名叫袁天罡,此人精通星象命理,还熟悉还魂救命的法术,陛下不如请他来治病。"

李世民听了,马上派人去请袁天罡。袁天罡来到皇宫以后,仔细为李世民检查了一番,并且夜观天象,恭请神灵,终于找出了事情的原因。

他对皇帝说:"陛下是因为受了鬼魂的骚扰,鬼魂最怕的就是侠肝义胆的英雄人物。只要在众位大臣之中挑选两位权位显赫、正气凛然的将军站在陛下的寝宫门口,为皇帝驱魔保驾,那些妖魔鬼怪就一定不敢来捣乱了。如此一来,陛下必可安枕无忧,早日痊愈。"

李世民听了之后,说:"这有何难!我大唐人才济济,其中最正气的莫属秦琼和尉迟敬德了,他二人一个侠肝义胆、威武豪爽,一个刚正不阿、忠义勇猛。就派他们二位守在朕的寝宫左右。"

从此之后,每天晚上秦琼和尉迟敬德都去皇宫做守卫,守在皇帝的寝宫前,鬼魂见了他们二人都不敢再去骚扰李世民了。李世民很高兴,于是就封袁天罡做了大唐的国师。

李世民有了两位心腹大将的保护,连日来都可以安睡到天明,逐渐恢复了原先的神采。可是这些天,这两位大公无私的大将每夜无法合眼,已经快要支持不住了。李世民心疼自己的大将,便召集大臣们想办法。这时候国师袁天罡站出来说:"两位将军英勇无比,那些鬼魂不必见到真人,光是见到将军的画像就会害怕,只要把两位将军的画像贴在门上,便可以保证陛下的平安。"李世民采纳了这个建议,此举竟然十分奏效,李世民不再做噩梦了。

彻底治好了皇帝的病后,袁天罡功成身退,辞官归隐。回到武功县后,他画了很多秦琼和尉迟将军的画像,把它送给了前来烧香拜佛的善男信女们。并告诉他们腊月三十这天,只要将这二人的画像贴于门上,便可祛邪除魔,保佑全家平安。

随后,这个事情一传十,十传百,传遍了全国各地,人们都争相来武功县领取画像。就这样,家家户户的门上都贴着两位将军的画像。从此,秦琼和尉迟敬德就成了仗义救危、保护千家万户的门神的化身,在后代逐渐流传下来。

读后感悟

　　李世民经常做噩梦,梦见兄弟的鬼魂向他索命,原因就是他一直为杀死自己的兄弟,逼迫父亲让出皇位这件事耿耿于怀,这就是我们所说的"日有所思,夜有所梦",并不是什么鬼神的原因。俗话说:不做亏心事,不怕鬼敲门。要想活得潇洒,只有放开心胸,坦坦荡荡为人。

白素贞和许仙的凄美爱情

（一）西湖初相遇

江南的六月正是梅雨的季节，"淅淅沥沥"的小雨滴落在西湖上，仿佛为西湖蒙上了一层轻纱，山水相映，宛如一幅生动的水墨画。断桥上，游人纷纷遮头掩面、奔走避雨。一个书生模样的年轻人也在找地方躲雨。他匆匆忙忙向石桥跑去，他想赶到前面的亭子里去避雨。

一艘精致的画舫（装饰华丽的游船）缓缓地从湖中心驶来，船头站着两位年轻貌美的女子，一位身着白衣，一位身着青衣。

"姐姐，你看那个书生的样子真傻，我去捉弄他一下。"那个青衣女子娇媚地说道。

"小青，不许胡闹。"白衣女子微微嗔怒道。

可是还没等白衣女子把话说完，青衣女子便娇笑着跑开了。她向湖中吹了一口气，瞬间，西湖上就刮起了巨大的风浪。弱不禁风的书生顿时惊慌失措，不知道该往哪里跑，又一阵大风袭来，把书生卷入了水中。

"救命啊！救命啊！"书生大声地喊叫着，可是岸上游人都只顾着躲雨，没有人注意他。正在书生绝望之际，一个白衣女子纵身跃入水中，她奋力朝书生这边游了过来，抓住书生的双肩把他救上了岸。书生在昏迷中看了白衣女子一眼，但醒来时她已经不知去向，书生虽然精神恍惚，却记住了白衣女子宛若天仙的美貌。

于是，书生终日在西湖边徘徊，希望再见到那个白衣女子。这一天，西湖上忽然大雨倾盆。书生撑着油纸伞独自奔走在断桥上。一个清丽婉转的声音从前面传来：

"小青,这雨越下越大,我们还是赶紧回去吧。"

书生抬头,只见两个姑娘,一个青衣,一个白衣,无措地站在桥头。那个白衣女子,正是自己朝思暮想的姑娘。

"两位姑娘,快点拿去挡雨吧。"书生走到那白衣女子跟前,把伞递到她手里。"是你?"白衣女子显然也认出了他,有些欣喜,之后又犹豫起来,"可是这么大的雨,公子你……"

"几日前多亏姑娘相救,小生感激万分,小生家就在附近,这把伞姑娘就拿去吧。""多谢公子,不知公子如何称呼,家住何处？还请公子告知,好让小女子明日把伞归还。"

"在下许仙。敢问姑娘芳名？""我姐姐叫白素贞,我叫小青。"一旁的青衣姑娘娇笑着说。

"白姑娘,那我们明日就在断桥上相见吧,小生告辞。"许仙说完就跑进了雨中……

第二日,许仙和白素贞又在断桥上重逢,雨后的西湖更是清新秀丽,他们在桥上边观赏风景,边谈天说地。渐渐地,这对青年男女互相生出了爱慕之情。

几个月后,许仙与白素贞在小青的主持下,结为了夫妇。许仙本是药店的学徒,当时已经学有所成。白素贞用自己的积蓄购置了几间房,开了一个名叫"保和堂"的药铺,让许仙打理。许仙医术高明,又宅心仁厚,再加上贤惠的白素贞与活泼的小青的帮忙,"保和堂"的生意越做越大。许仙与白素贞夫妻恩爱,小青勤快聪明,一家人的日子过得其乐融融。

一日,许仙外出采药。小青打趣白素贞说："姐姐,你和许仙夫妻恩爱,真是羡煞旁人！"

"小青,你是不是也想嫁人了？过两天姐姐就给你找个人家。"白素贞噗笑着说。"我才不要呢,小青又不像姐姐动了凡心,再说,小青还没修炼成形呢。"

原来,小青和白素贞是一白一青两条蛇修炼成的。白素贞是一条修炼了千年化为人形的白蛇,后来,一条修炼了五百年的青蛇企图夺她的修炼成果,被她打得跪地求饶。在白素贞的点化下,小青也能变成人形,但道行远不如白蛇深。白素贞和小青结伴同行,姐妹相称。自从那日游西湖遇上了许仙,白素贞就深深爱上了他,如今,终于如愿以偿。而且,许仙对她们的身份半点都没有察觉到。

(二)白素贞盗仙草

日子一天天过去,他们三人相处得十分融洽,几个月后,杭州城发生了一场巨大的瘟疫。许仙和白素贞上山采回许多草药,在"保和堂"前架起大锅,免费为百姓煎药治病。白素贞配的药真有效,没几天,喝过药的人病情都好转了。这下"保和堂"的牌子在杭州城人人皆知,前来治病求医的人越来越多。

"保和堂"的生意红火了,金山寺的香火就冷清了。原来人们有病有痛,都到金山寺烧香拜佛,现在都跑到"保和堂"了。金山寺的主持法海禅师掐指一算,知道了白素贞和小青的来历,"原来是两只蛇妖在作怪啊,看老衲(老僧自称)怎么收拾她们。"他心里想着,大如铜铃的两眼射出了两道阴冷的寒光。

一转眼,端午节快到了。这一天,家家都要挂艾草、喝雄黄酒避虫驱邪。蛇是最害怕雄黄酒的,道行不深的小青只要一喝雄黄酒,就会现出原形,为此她整日烦躁不安。就连有千年道行的白素贞闻到雄黄酒的味道也会不舒服,原来她已有六个月身孕了。

端午那天,天还没有亮的时候,白素贞就让小青赶紧逃难,小青有些担心地望着她说:

"姐姐,那我走了,你怎么办呢?你现在可是有身孕了。"

"别担心,我有千年道行,一两杯雄黄酒还难不倒我,你快走吧。"白蛇安慰她说道。

小青想想也对,说了声:"姐姐一定要小心。"就往窗外一跳,化阵青烟遁到深山中去了。

中午时分,许仙兴冲冲地提着一罐雄黄酒回来了:"娘子,我排了一上午队才在金山寺求来这罐上好的雄黄酒。来来来,今天中午咱们好好地喝几杯,近来你也累坏了。小青呢?"

打开盖的雄黄酒直冲白素贞的鼻子,白素贞的胃有点翻腾,她强作笑脸说:"铺里缺草药,我让小青上山采药去了。我有了身孕,喝酒恐怕对肚里的孩子不好。"

许仙硬拉白素贞坐下,说:"法海禅师说,他配制的雄黄酒除了蛇精不能喝之外,人喝了一点事也没有。娘子,你又不是蛇精,怎么就不能喝呢?"白素贞一听许仙的话,一惊,忙问道:"法海禅师还跟你说了些什么?"许仙支支吾吾地说:"没……没说什么,没说什么。娘子你喝一杯证明给他瞧瞧。"

白素贞明白了,她害怕丈夫知道自己的妖精身份,又仗着自己有千年的修炼功夫,就大着胆子,硬着头皮,喝了一口雄黄酒。哪晓得酒刚落肚,便马上发作起来,霎时她觉得肚中翻江倒海似的。她拼命用法力抵制着雄黄酒的发作。许仙见白素贞喝了雄黄酒,高兴地说:"我说娘子是好人就是好人,老和尚的话不可信。"

白素贞强撑着吃完了饭。她心如刀绞,头重脚轻。许仙见她面色苍白,四肢发抖,忙扶她躺下。白素贞气喘吁吁地说:"我本来就不胜酒力,加上连日忙碌、身怀有孕,觉得很累,想好好休息一下。相公,小青不在,你就到前面看着点铺子吧,说不准有人来抓药问病什么的。"

许仙下楼了,白素贞两眼一黑,什么也不知道了。不知过了多久,白素贞才睁开眼睛。天色已晚,屋内黑暗、寂静。

小青躲在深山里,心里总是惦念着姐姐。看看日头偏过天中央,午时三刻过去了,就借阵青烟回了家。她走上楼一看,啊呀!许仙死在床前,白素贞还在床上睡着没醒!小青急忙推醒白素贞:"姐姐,姐姐,快

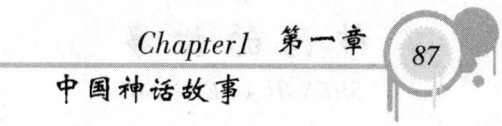

起来看看呀,这到底是怎么了?"

白素贞醒后,看到许仙倒在自己床前,便放声大哭,悲痛地说:"一定是我喝了雄黄酒,现了原形,把相公吓死了。"

"姐姐,别哭了,哭也没用。我们得想想办法。"听了小青的话,白素贞止住了哭声,她镇定一下说:"相公断气还没过十二个时辰,还有救。如今要救他的性命,只有到昆仑山上去盗仙草,就是不晓得能不能来得及。现在拜托妹妹一件事——相公请你照应着,我七个时辰再不回来,恐怕就是死在那里了。"

"姐姐,太危险了,你不能去!"白素贞不顾小青的劝阻,冲出了房门。

白素贞使出浑身法力,向昆仑山飞去。跨过条条大河,越过重重大山,穿过层层云障,她飞到了昆仑山顶。昆仑山是座仙山,满山都是仙树仙花。山顶上,有几棵紫郁郁的小草,就是能起死回生的灵芝仙草。白素贞弯下腰,悄悄地采了一株仙草衔在嘴里,正想驾起白云飞走,忽听空中"咯溜溜"一声叫,那只看守灵芝仙草的白鹤从天边飞了下来。它见白素贞盗了仙草,哪里肯放过,便展开大翅膀,伸出长喙,朝白素贞扑过来。好险啊,就在白鹤的长喙刚要啄着白素贞的时候,忽然从后面伸来一根弯头拐杖,把白鹤的长颈钩住了。白素贞转过身来一看,见眼前站着一个胡须花白的老人,原来是南极仙翁。

白素贞"扑通"跪在南极仙翁脚下哀求道:"请仙翁网开一面,让我先去救我的相公。救活了我相公,任仙翁怎么处置我都行。"

南极仙翁问道:"白素贞,人妖殊途,你怎么能与凡人在一起呢?"

"我白素贞苦心修炼千年,不求别的,只求在人世上像模像样地活一回。我与相公夫妻恩爱,如今我已有六个月身孕。我一不害人,二不杀生,只求与相公白头到老。可恨老法海设计让我现形,吓死了我家相公。仙翁,求你给我仙草让我去救我相公吧。"

南极仙翁听了白素贞的真诚诉说后,深有感触地说:"唉!连神仙

都羡慕人间生活,何况你呢?我也听说了你在杭州行医积德的事。我不为难你,你回去吧!"

白素贞谢过南极仙翁,衔着灵芝仙草,急忙驾起白云,飞回家来。她把灵芝仙草熬成药汁,灌进许仙嘴里。过了一会儿,许仙就活了过来。白素贞又悲又喜,眼泪"吧吧"地掉在了许仙脸上。

"蛇!大蛇!"许仙一看见眼前的白素贞,立刻惊恐万分地边喊边往墙角里缩。

"相公,别害怕,你说的那条大蛇我早看见了,它就趴在咱家房梁上,你看!"白素贞柔声安慰他。许仙顺着白素贞的手指,果然看见房梁上绕着一条大蛇,和前日在床上看到的一模一样。

许仙听了,点点头,打消了心中的恐惧。他歉疚地对白素贞说:"娘子,让你为我担惊了。"白素贞与小青相视一笑,原来那条大蛇是她们施展法力变出来的。

许仙修养了几日,逐渐恢复了健康。"保和堂"也渐渐顾客盈门了。

(三)水漫金山寺

三个月后的一天,许仙上山去采药,法海禅师迎面走来。法海走近许仙对他施了个礼,然后说:"施主你印堂发黑,恐怕大难将至。"

"我一家和睦,生意兴隆,哪有什么灾难,禅师真是会说笑。"许仙不以为然地说。

"出家人不打诳语,贫僧掐指算到施主身边有两个蛇妖,施主你与妖孽为伍,罪孽深重,还是入我佛门赎罪吧。"

"不可能,你说我娘子和小青是妖孽,绝对不可能。"许仙坚定地说。

"施主再这样执迷不悟,就别怪贫僧不客气了。"法海目露凶光,强行拉住了许仙,弱不禁风的许仙哪里是法海的对手,只能乖乖地跟着法海上了金山寺。一到金山寺,法海就命人将许仙看管了起来。

白素贞与小青见许仙一走数日不归,心急如焚,四处打听,也没有人知道许仙的下落。

第五天一大早，一个小和尚来到"保和堂"对白素贞说："许施主不屑与妖孽为伍，已拜入我法海禅师门下，一心向佛了。许施主派小僧前来转告二位，他已经了却红尘，忘记世间的种种旧事，从此与二位恩断义绝。"

小和尚走后，小青气得大骂起来："许仙他真是不知好歹，无情无义，枉姐姐你对他一片痴心，他居然一声不响地跑去做了和尚。"

"我不信，许仙不会这样对我的，一定是法海那个老和尚搞的鬼，相公一定是被他关起来了，我一定要去救他。"白素贞说完便走出了药铺，头也不回地向山上走去。

小青跟在后面不停地喊："姐姐，你等等我啊，小心你的身子啊！"

金山寺建造在山顶上，地理位置很高，山下三面是水，只有一条曲曲折折的小路通往山上。白素贞与小青来到金山寺门前，法海早已手持禅杖站在寺门口等待了。白素贞强压怒火，客气地对法海说道："长老，我和许仙是结发夫妻。如今我已怀孕六月，家中无人照料，看在我真心请求的份上，请你放了我相公，我和腹中孩子将感激不尽。"

"你这个孽畜，本是深山一个妖精，怎能和许仙成婚？这里是佛门净地，怎容你言及夫妻之情！你还是死了这条心吧！"法海恶狠狠地说道。小青一听，不由得怒火冲天，没容法海把话讲完，冲到他面前，狠狠地指责他："这是什么佛门净地？你放着经书不念，伤天害理，拆散人家夫妻。今日你如若不把许仙交还给姐姐，我小青定要割下你这颗秃头！"

法海被骂以后气急败坏，提起袈裟，把禅杖举了举，面目狰狞，嚎了起来："阿弥陀佛！你们这两条蛇精，胆敢胡言乱语，兴风作浪，可不要怪我法海无情！"

白素贞难以忍受法海的恶行，她合手一拜，向天说道："各路龙王师兄，想我白素贞和许仙真诚相爱，不料法海一直从中挑拨，现又威逼许仙修行。今天不为别事，只求夫妻团聚，请各位师兄帮忙！"

突然间,天上乌云翻滚,狂风四起,白浪滔天,江水哗哗直涨:东海的水、南海的水、西海的水、北海的水,一齐都往金山这儿涌来。四海的水,汇聚到一起,一浪高过一浪,如同山呼海啸,向着金山涌卷而来。白素贞脱下一只鞋,扔到水中,水面立刻浮起一艘五彩船,白素贞与小青飞身跳到船上。白浪滔滔的江面上,东边蹦跳着一排排扁担大的湖虾,撅起尾巴来总有丈把高;西边曲尾伸头的是一队队圆桌大的鱼精鳖怪,都碰到金山寺门边儿了;南边有手舞刀剑的蚌精,站在一个个磨盘大的蚌壳上;北边有一团团的螃蟹,横着身子直往金山寺里爬……

法海面对这样的情况,突然慌张了,忙逃回寺中对许仙说:"许仙,白素贞要水淹杭州城了,这全都是因为你呀。你再不与蛇精断绝关系,杭州城就要尸横遍野了。"

许仙从门缝里探出头往外一看,只见房子大的龟、扁担大的虾、磨盘大的蟹张牙舞爪向金山寺扑来。水中的船上,大腹便便的白素贞满脸焦虑与愤怒,她高声叫骂着让法海放了许仙。许仙一见白蛇的样子既心疼又担心。

"许仙,水一过金山寺,山后的百姓就要遭殃了。"法海在后面阴森森地提醒他。许仙狠狠心,打开寺门出来了。

他强忍悲痛的心情对白素贞与小青说:"你们快点停手吧。不要再因为我而弄得生灵涂炭了。事到如今,我们的缘分已尽,你们回去吧,我已经决心留在这里了。"

白素贞听了许仙如此绝情的话,心都要碎了,她哭着问许仙:"许仙,我白素贞哪点对不起你了?你居然如此狠心,就算我是蛇精又怎么样,这些年来我全心全意为你,你……"

小青两眼圆瞪,愤恨地说:"算了,姐姐,许仙这种人不值得你为他流泪,我们走。"

失望的白素贞对着小青点点头,眼泪不止地说:"好,我们走。"一瞬间,围困金山寺的水一下子退了。许仙羞愧难当地看着白素贞和小青飞走了。

　　白素贞奔到当初与许仙相遇的断桥上泪如雨下。悲伤与劳累使她动了胎气,腹中绞痛阵阵。就在这时,法海突然出现在半空中,他狞笑着说:"白蛇,青蛇,拿命来吧。"说完亮出了一个金光闪闪的金钵。

　　"你这个不要脸的臭和尚,居然乘人之危。"小青挡在了白素贞前面,愤怒地说。

　　"小青,你快走!"白素贞一把推开小青,自己却来不及躲闪,被强烈的金光罩住了。临产的白素贞在金光的笼罩下痛苦地缩成一团,不断地呻吟着。

　　"娘子,娘子——"正在这时,许仙出现在了断桥之上,原来他趁着法海不在,众和尚收拾残局的时候,溜了出来。"哇——"随着一声婴儿的啼哭,白素贞被吸入了金钵,她的惨叫回响在空中:"小青,为我报仇。许仙,养大孩子。"

　　"白素贞,你就待在雷峰塔下受罪去吧。"法海狂笑着把白素贞压在了西湖边的雷峰塔下。小青高声叫道:"姐姐,你放心,我一定会帮你报仇的。"说完,就飞入了山中,许仙抱起地上"哇哇"啼哭的男婴,不住地哭喊道:"娘子!娘子!都是我不好,我的错……"

　　"许仙,把孩子养大,只要心诚,我们夫妻终有团聚的一天。"空中传来白素贞虚弱缥缈的声音。

　　转眼间,十八年过去了,西湖的山水依旧如画。这一日,新科状元回乡任职。这个青年生得眉清目秀,十分俊朗,就像当年在断桥上那个惊慌落水的书生许仙一样。状元一到杭州城,便直奔雷峰塔。来到塔前,状元跪倒在地,泣不成声地说:"娘,孩儿来看你了。娘,你受苦了,请受孩儿一拜。"说完,在地上磕了三个响头,这一磕不要紧,雷峰塔剧烈地摇晃起来。

　　躲在金山寺的法海突然感觉到要出事了,匆忙走出寺门。刚出寺门,一个青影飞了过来,"法海,今日我要让你血债血还。"原来是小青,她在山中修炼了十八年,法力大增。法海故作镇定,说道:"蛇精,你又来送死。"小青轻蔑地冷笑道:"送死的是你!"说完,一道青光直扑向法海,法海忙挥禅杖抵挡。"当!"禅杖飞了。他又举起金钵,只听远处的雷峰塔轰然倒塌。

法海由于慌张不知道怎么抵挡,只见眼前一片青光,金光全被压了回来。法海暗叫不好,撒腿就跑。一直跑到海边,也没摆脱小青。海边一只海蟹正张着壳在晒太阳,法海一急,一头钻了进去,只留了个屁股在外。从此,法海就躲到死海蟹的空壳里面过完自己的下半生。

白素贞的儿子救出了母亲,一家人终于又团聚了。

法海为了自己的私利,强行拆散了许仙和白素贞一家人,最终,他得到了应有的报应,只能躲到死海蟹的空壳里苟且偷生了。这就告诉我们,任何时候,我们都要以善良为本,不能心存歹念,害了别人又害了自己。

第二章 外国神话故事
Chapter 2

神话是人类童年时期的产物,是文学的先河,是一个国家、一个民族宝贵的精神财富。无论是中国神话还是外国神话,无不散发着智慧的光芒。阅读这些优美动人的神话传说,走近那些气吞山河的神话英雄,感悟善恶美丑的真谛,正是我们将中外神话经典集结出版的意义所在。

第二章 外国神话故事
Chapter 2

救苦救难的耶和华

最初,宇宙是一片空虚混沌,没有天也没有地。宇宙中唯一的神——上帝耶和华,就在这一片漆黑的混沌之中飘飞着。

当上帝看见世界空虚混沌、暗淡无光时,就说:"要有光!"因为耶和华是无所不能的上帝,所以随着他的话音落下,光立刻就出现了,光芒四射,熠熠闪烁。上帝觉得光很好,就决定把光明和黑暗分开。他称光明为昼,黑暗为夜。耶和华命令白昼和夜晚轮流出现,还规定一个昼夜为一天。以色列人计算昼夜之所以从日落开始,到另一个日落为一天,原因就在于世界先有黑夜后有白昼。

现在,昼夜轮流出现在世界的同一天里,耶和华为宇宙创造了光明。晨去晚来,这便是世界的第一天。

第二天,上帝创造了空气,把天上和地下的水分开。

第三天,上帝说:"天底下的水要汇聚起来,陆地也要显露出来。"上帝把有水的地方称为海,无水的地方称为陆地。他觉得海洋与陆地非常好,就接着说:"陆地上要有花草树木,树木要根据自己的品种结出果实。"就这样,大地披上了一层绿装,点缀着花草树木,空气里飘荡着花果的馨香。上帝看到这一切,心中非常高兴。

第四天,上帝说:"苍穹要有发光体,以便分昼夜、辨岁月、定日期、划四季。天上的光要普照大地。"这样,上帝创造了两颗大的发光体,大的叫太阳,管白昼;小的叫月亮,管黑夜,另外还有许许多多星星,闪闪烁烁,亮亮晶晶,撒满深蓝色的天空。

第五天,上帝把目光投向了大海和空中,他感到那里太空旷,于是说:"水中要有各种水生物,空中要有各种飞禽。"这样,上帝造出了各种水生物,它们在水中畅游;造出了各种飞禽,它们在空中翱翔。然后他又把目光投向陆地说:"陆地上要生出各种各样的活的动物来,牲畜、昆虫、野兽各从其类。动物的肉要能食用。"于是上帝造出牲畜、昆虫和野兽。上帝看见这些造物很好,就赐福给这一切说:"滋生繁衍吧,鱼类和飞禽!让海中、地上、天空充满生机。"

到了第六天,上帝说:"我要造一个人,使他不同于其它动物。我要照着自己的形象造人,让他看管水中的鱼、空中的鸟;地上的走兽和昆虫!"就这样,上帝以他的形象创造了地球上第一个人,并给他起了个名字叫亚当。

到了第七天,上帝造物的工作已经完毕,就在这天他歇息了,也就是我们平常说的礼拜日或星期日。正因为这个,这天被定为我们的休息日,我们在这一日休息或祈祷上帝赐福予我们。

> 文中,耶和华上帝因不满当时的生活现状,而尽自己的努力对世界加以改变,为此他接连几天不休息,终于创造了一个令他满意的世界。虽然这只是一个虚构的故事,但能给我们很大的启示:只有通过自己的努力,才能改善自己的生活状况。

偷吃禁果的亚当与夏娃

耶和华创造了一个美丽的花园,叫做"伊甸园",园中四季如春,遍地鲜花,他让亚当生活在这里。

亚当一个人生活在伊甸园里,不必劳作就可以尝到甜美的果实。虽然过得无忧无虑,但是渐渐地,他还是感到有些孤独。耶和华看在眼里,心想:"我应该给他创造一个伴儿,免得他太寂寞了。"于是耶和华施展法力使亚当昏睡,然后打开他的胸膛,取出一根肋骨,把这根肋骨做成一个年轻漂亮的女人,然后唤醒亚当,把这个女人交给他并告诉他,这个女人是用他的肋骨做成的。

亚当望着那个女人可爱的面容高兴地说:

"你是我骨中之骨,肉中之肉,你是从我身体里变出来的,就叫女人吧。"在希伯来语中,"女人"这个词的含义是"从男人而来"。

正因为夫妻本是骨中骨,肉中肉,所以男女一旦长大成人,就会离开自己的父母,结合为一体。又因为他们是一体,所以夫妻相对时,即使没有衣服遮体,也并不觉得有什么羞耻。

伊甸园中的两人都很天真纯朴,亚当给妻子取名叫夏娃,意思是"万众之母"。从此,他们两个就赤身裸体地生活在伊甸园中,温存而相爱。

耶和华告诫他们说:"这园子里任何树上结的果实你们都可以吃,只有两棵树上的果实你们不但不能吃,甚至连碰都不要去碰,否则就会立刻死掉。这两棵树,一棵是智慧之树,一棵是生命之树,希望你们牢记。"他们点头答应了。

在耶和华创造的万物当中,最狡猾的就数蛇了。

一日,他游到夏娃面前,哄骗夏娃说:"你没见这智慧树上的果子比其它树上的果子更大更亮更香甜吗?你吃吧。吃了眼睛就会明亮,如同神一样知晓善恶。"

夏娃听见"如同神一样知晓善恶",心开始"砰砰"跳。可以和神一样,和那创造自己的造物主一样?吃了这果子,就可以拥有耶和华的能力,在天地之间分辨是非,论断公义?那是多大的能力啊!

夏娃实在禁不住诱惑,拿起了果子,可又有些犹疑,拿着果子在嘴边迟疑不决,对蛇说:"神说,吃了这果子就要死。"蛇看出夏娃的意志在向自己倾斜,压住内心的狂喜,又继续诱惑说:"吃吧,不会死的,要不就咬一口,有什么关系!"

夏娃看着眼前树上的果子,亮晶晶的,非常漂亮,还散发出诱人的清香,开始说服自己:这果子如此可爱,我还是吃了吧,倘若神问起来,我就说自己饿了,拿它当食物了。既然这条可爱的蛇说我不会死,那我就应该不会死吧。自欺欺人的夏娃啃了一口果子。果然好吃,她想:既然咬了一口,不妨再咬一口。第二口,还是好吃。既然咬了两口,不妨再咬一口。几口下去,果子只剩一小半了。既然只有这点儿了,不妨就都吃了吧。

夏娃吞下了最后一口,惬意地舔了舔嘴角。心想如此好吃的东西,不妨拿回去给亚当吃。她又摘了一个,拿了回去给亚当。亚当看见这果子有些惊讶,问她从哪里摘下来这么悦目的果子。

夏娃说:"从智慧树上摘的,我已经吃了一个。你看,我什么事都没有,也没死。"亚当看着夏娃如此说,就也偷偷地把这美味的果实吃了。两人忽然觉得自己眼睛非常明亮,夏娃和亚当看着彼此的身体,从未有过的害羞感涌了上来。他们赶紧扯了几片无花果树的大叶子,编了两个草裙,穿上了。但忧郁、烦恼和惊惧也泛上了他们的心头。违反了耶和华的命令怎么收场呢？原来背叛是不对的，是让人羞耻的。这种令人耻辱的感觉驱使着两人寻找藏身之处，不让耶和华发现。

一天，耶和华驾着微风来到伊甸园内。亚当和夏娃马上躲进了树丛。林间传来了耶和华的呼唤："亚当，你在哪里？为何不来见我的面？"

亚当听到这慈爱的声音，羞愧难当，从一处树穴里爬出来，跪在耶和华面前说："我听见你的声音，害怕得很，不敢来见你的面，因为我光着身子。"

耶和华问："你怎么会害怕自己光着身子呢？你不是一直以来就如此吗？莫非，莫非你吃了智慧树上的果子？"耶和华的声音里带了几分严厉和失望。

亚当心里惊悸，赶紧摆手说："不是我，不是我，是夏娃，是这个你赐给我、和我同居的女人，是她拿给我吃的，一切都是由她而起。"

耶和华转而问夏娃："你做了什么？"夏娃也忙着辩解说："是蛇，是那条蛇引诱我吃的。"

耶和华看着两个人如此慌张和他们不敢负责的神态，心中又悲伤又惋惜：这本来有着美好形象的人，吃了这果子，就沾染了如此肮脏的习气，胆小、懦弱；本来相爱的两个人，如今互相指责，从背叛我开始，也开始彼此的背叛。这种被污染的人，绝不能再让他们留在只能容纳圣洁的伊甸园里。耶和华是公义的，犯了他的禁令一定要受处罚。为此，他心痛，他愤怒。他把那条可恶的蛇摔在亚当和夏娃面前，说："你既然做了这件事，就必受诅咒。你终身只能用肚子行走，一辈子只配吃土。人类和你要终身为敌，见了你就打你的头，而你要咬人的脚跟。"

接着，他又对夏娃说："你这个女人，我要让你怀胎生产，颇为痛苦，且要受你丈夫的管辖。"

然后，他又对亚当说："你要终身劳苦，才能从地里得到吃的。你必须汗流满面才能糊口。我造你是从泥土而来，你死去也要归回泥土。"

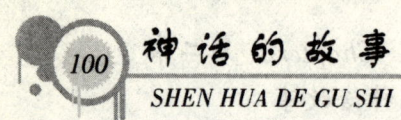

耶和华见亚当他们已具备了智慧,怕他们进一步偷摘生命树上的永生果,那样他们就长生不老了。于是耶和华在盛怒之下把亚当和夏娃轰出了伊甸园,让他们结为夫妻,到大地上受苦去了。耶和华在伊甸园的东边安排了天使,手中举着能够四面转动、发火焰的剑把守着生命树。

亚当与夏娃的故事告诉我们这样一个道理,选择的权利一直掌握在自己的手中,但是我们往往会做出错误的选择,这往往源于我们对于未知的好奇和贪婪。错误的选择可能让我们受苦,但我们能从中得到教训、变得成熟,以便日后做出更好的选择。既然要为自己的行为承担后果,我们做每一个选择都应谨慎。

神奇的诺亚方舟

亚当和夏娃被上帝逐出伊甸园后,就来到了大地上生存、繁衍。他们生育了很多子女,他们的后代子孙也传宗接代,人口越来越多,逐渐遍布了整个大地。但是,人类背叛了上帝,受到了诅咒,他们只有付出艰辛的劳动才能果腹,并且因为堕落的本性,人的怨恨与恶念与日俱增。人们彼此之间尔虞我诈、巧取豪夺,无休无止地相互厮杀、争斗、掠夺,人世间的暴力和罪恶愈演愈烈,简直已经到了无可饶恕的地步。

上帝看到世界上到处是罪恶,十分愤怒。他后悔创造了人类,为人类犯下的罪恶感到忧伤。上帝说:"我要将我所创造的人类和动物全部从世界上消灭掉。"

但是,在这群罪孽深重的人当中,有一个人名叫诺亚。上帝认为他是一个仁义的人,很守本分;他的三个儿子在父亲的严格教育下也没有误入歧途;他还经常告诫周围的人民,应该赶快停止作恶,从充满罪恶的生活中摆脱出来。

因为诺亚深蒙耶和华的厚爱,所以耶和华在动手前告诉诺亚说:"凡是有血气的人类及生物,其品行全都败坏了,我要使洪水在地上泛滥,将他们全部毁灭。因为你是个正直的人,所以我要与你立约。保全你全家的性命。你马上修造一座方舟,这方舟要长三百肘,宽五十肘,高三十肘,分为上中下三层,里里外外都抹上防水的松香。你要带着你的家人进入方舟,还要把各种飞禽、走兽、爬虫,每样带上两只,雌雄各一只,它们和你一道登舟,在船上喂养好它们。此外还要带上各种吃的

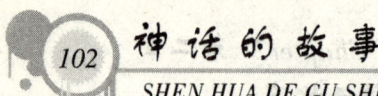

东西,储存在船上,作为你们和动物的食粮。七天之后我会连降四十天的暴雨,把我创造的其它活物涤荡得一干二净。"

诺亚遵照上帝的话,一一办到了。第七天到来之前,诺亚带领三个儿子和三个儿媳,全家都搬进了新造好的方舟。和他一起上船的还有那些动物:洁净的和不洁净的牲畜,每种都是雌雄一对;所有的鸟类和地上的爬虫,也是一对一对的。

果然,在诺亚六百岁生日那天,灾难在这个特定的日子到来了。

天上阴云密布,电闪雷鸣,天穹洞开,大雨倾盆;地面上的水位急速升高,江河泛滥,波涛滚滚。水一直上涨,淹没了所有的高山。一切有气息的生物,所有生活在陆地上的东西,全都没有了。上帝清除了世上所有的生物,把人、兽、爬虫、飞鸟等全部从地面上消灭干净,天水茫茫,什么都没有留下,只有诺亚一家人乘坐的方舟在暴雨和洪水中毫无目的地漂荡着。

一个多月以后,雨停了,世界上最高的山峰都被淹没在水下。耶和华惦记着诺亚,就让大风不停地刮着水面,让水面快点干涸。经过几个月的光景,水势才渐渐消退。最后,诺亚的方舟触到了地面,不能动了。方舟停的地方正巧是亚拉腊山的山顶,世界其它地方的积水仍然很深,诺亚和家人只好继续住在方舟里,等待着洪水进一步消退。

又过了一个月,诺亚打开方舟的窗户,放出一只乌鸦,让它看看洪水退尽了没有。乌鸦很快就飞走了,然后再也没有回来。诺亚等了七天又放出一只鸽子,让它去看看地上的水是否干了些。鸽子飞来飞去,俯瞰大地,只见汪洋一片,无处落脚,只好又飞回了方舟。

一个月之后,诺亚再次放出鸽子。傍晚时候,鸽子飞了回来,嘴里叼着一条刚拧下来的橄榄枝,这说明必定有地面露出来了。诺亚心里非常高兴,伸手把鸽子接回了方舟。从那以后,叼着橄榄枝的鸽子就被看成了和平与希望的象征。

经过一段时间后,到诺亚六百零一岁生日的时候,地面的水终于退尽了。诺亚打开舱口,向外探望,发现地面已经完全干了,他们一家才从方舟走了出来。各种动物也被放了出来,很快他们就散布到世界各个角落去了。

诺亚要办的第一件事情就是建立一座祭坛,把洁净的动物献祭给耶和华。耶和华闻到烤熟的祭品的香味,感慨万千,暗暗发誓道:"今后我要改邪归正,再也不随便杀害生灵了。"

他对诺亚说:"我与你们立一个约,我把一切生物都交到你们手里,我让它们惧怕人类。你们还要多多地生育,愿你们的后代繁荣昌盛。我使云彩盖地的时候,必有彩虹现在云彩中,我便会想起我与你们和各种有血肉的活物所立的约,洪水就不会再泛滥、毁坏一切有血肉的生物了。"

读后感悟

　　故事中的诺亚受得到了上帝的宠爱,全家性命得以保全,是因为他是一个仁义的人,很守本分;在当时那个混乱的局势下,他严格教育三个儿子不要误入歧途;除此之外,他还常告诫周围的人们,赶快停止作恶,从充满罪恶的生活中摆脱出来。故事讲了这样一个道理,善有善报,只有保持一颗仁爱之心,别人才能对你献出爱心。

半途而废的巴别塔

相传,上帝耶和华用洪水清洗了整个大地之后,世界上只剩下诺亚一家和他保留下来的各种飞禽走兽,世界此刻是一片荒凉的景象。耶和华相信经过这次灾难,人类会认识到他们的罪孽,于是他决定给人类一次重生的机会,便下令诺亚的三个儿子开始尽量多地繁衍后代。

诺亚的儿子们遵从了上帝的旨意,开始尽可能多地繁衍后代。今天我们世界上所有的民族,都是从他们三个兄弟繁衍而来的。

诺亚的大儿子名叫闪,他是希伯来人的祖先,以拦、亚述、亚法撒、路德、亚兰全都是他的儿子。

诺亚的第二个儿子叫做含,含有四个儿子,分别是古实、麦西、弗、迦南,他们是西顿人、赫人、非利士人的祖先。诺亚的三儿子名为雅弗,雅弗也有四个儿子,分别是歌蔑、玛各、玛代和雅完。

在当时,人类只有一种语言,一种语调,他们聚居在一起,彼此可以毫无障碍的交流。

后来,随着人口数量的不断增加,他们的生存环境发生了改变,湖泊变得干枯,草原也渐渐稀少了,他们不得不向东方迁徙,寻找一个更适合居住的地方。

经过跋山涉水,他们来到了示拿平原。他们看到这里沃野千里,有着广阔的湖泊,就决定在这里定居、繁衍后代。这时,其中一个男子提议道:"我们经历了这么多苦难才来到这片土地,我们应该让后人知道他们的祖先曾经的付出与荣耀。不如就在这里建立一座城池和一座高塔,以此作为见证,留给后人。"他的提议很快得到了大家的一致赞同。

经过了大量的精心调查和研究后,人们决定要把塔修得和天一样高。一来可以让他们的威名永远流传在世;二来一旦有人不小心走散了,就能通过高塔很快地回到他们中间,因为,不论身在何处,都可以看到高塔。

这样一来,人类就会变得更加团结。于是他们立即动手修窑烧砖。经过不懈的努力,砖终于被烧制出来了。

接下来他们拿砖当石头,拿石漆当灰泥,开始了修建城池和高塔的工作。

由于大家有共同的语言,办事一条心,直通云天的高塔和繁华美丽的城池很快就修建到一半,有一天这个消息传到了上帝的耳中,他马上降临到人间来视察,看见人类正在热火朝天地修建着高塔和城市。耶和华想:人类有着共同的祖先,说着同样的话,干起任何事都是那样的团结,如果他们继续这么齐心协力干下去,天下就没有他们不能办成的事情了。那样的话,我这个上帝还有谁来信仰?不行,上帝的权威是不容人类侵犯的,我必须要想办法破坏他们的团结。

于是耶和华在示拿的上空施展了法术,地面上很快发生了变化:

"你在说什么?我怎么一句也听不懂。"前面的搬运工回头莫名其妙地看着后边的人。

"你怎么就是不明白呢?我是说这样……"拿着设计图的人有些气急败坏了。

原来是上帝让他们的语言瞬间变成了许多种,弄得大家谁也无法明白对方的意思。

从此以后,人类再也无法像以前一样交流与协作了,建塔和造城的所有环节都弄得一团糟。这样一来,所有的工程都无法再进行下去了,这伟大的工程就此半途而废了,未完成的宏伟的高塔最终只能孤零零地耸立在示拿平原上。

上帝在云端满意地看着这一切。接下来,语言相近的人开始了成群结队的迁徙,分散到了世界各地,成了后世不同的民族。

从这以后,建到一半的高塔被称为"巴别塔"。"巴别"是"变得混乱"的意思,指的就是耶和华把天下的语言都给搞乱了。

读后感悟

巴别塔前期工程进行得极为顺利,那是因为大家语言相通,同心协力,所以直通云天的高塔和繁华美丽的城池很快就修建到一半,这时上帝从中作梗,让他们彼此语言不通,工程再也无法进行,因此建塔工程就半途而废了。这说明了一个团队中团结的重要性。生活中,和他人一起办事时,我们一定要讲求团结,凝聚集体的力量办大事。

有勇有谋的力太郎

从前,在日本的一个小村庄里,有一对不幸的夫妇,他们唯一的孩子得病夭折了。

失去心爱的孩子后,夫妇俩伤心欲绝,他们再也无心工作,也不愿意洗澡理发,只是整日思念他们的孩子。

他们的头发一天比一天长。

几年过去了,他们的头发有五尺长了,一直垂到了脚尖上。他们嫌碍事就把头发一圈一圈地盘在头顶上,村里人在背后议论纷纷,都觉得他们因太过思念孩子而变得疯疯癫癫的。

这一天,妻子对丈夫说:"今天是我们孩子的祭日,我实在是太思念孩子了,不如我们自己用头发扎一个孩子吧。"

"或许这是个不错的主意!"丈夫点头同意了。

于是,夫妇俩就剪掉了头发。妻子用头发扎了一个娃娃的身体,丈夫用纸片做了个孩子面具,画上圆圆的脸蛋,大大的眼睛,翘乎乎的嘴巴。

"啊,他真像我们的孩子啊。"妻子高兴地说。

这时,头发做的娃娃身体突然动了一下。

夫妇俩很是惊讶,只见头发娃娃站了起来,张大了嘴巴说:"爸爸妈妈,我饿了,我要吃东西。"

夫妇俩见头发娃娃开口讲话,既欣喜又惊奇,忙问:"你想吃什么呢?"

"我想吃头发!"头发娃娃高兴地回答。

"吃头发?"

"是,我只吃头发!"

夫妇俩干脆把自己的头发剪下来,给他当做食物吃。

头发娃娃一把抓过头发,像吃面条一样,一根一根吸进嘴里,吃得可香甜了。

很快,他就把一大把头发全都吞进了肚子。可是,他还没有吃饱,他叫嚷着:"我还饿,我还想吃头发。"

夫妇俩无奈地对望了一眼,然后就出门为他收集头发。从那以后,夫妇俩每天早出晚归,为儿子找头发吃。

说也奇怪,头发娃娃每吃一次头发,个子就窜高一截,身体也强壮一分。

不到一年,他肩上扛着一百袋大米,手里还能提起五十桶水。村里人见头发娃娃力气大得惊人,就称呼他为力太郎。随着他的渐渐长大,他的食量也越来越惊人,无论夫妇俩怎样努力地到处找头发给他吃,他仍总是吃不饱。

一天,力太郎来到夫妇俩跟前,说:"爸爸妈妈,我吃得太多,连累了你们。我决定到外面去闯荡一番,做一个杰出的人,你们为我准备一支铁棒吧!"

夫妇俩一听儿子的决定,舍不得心爱的儿子远离自己。可是反过来想,总让儿子待在家里,恐怕会一事无成。

经过再三思考,最终还是答应了他的要求,并花了很大一笔积蓄做了一只铁棒送给了他。

力太郎轻轻松松地举起了铁棒,说:"爸爸妈妈,你们要保重身体,安心地等我回来。"说完,他就告别了爸爸妈妈,向着城市所在的方向走去。

力太郎走了没多远,就发现一座巨大的石头神庙挡住了他的去路。

一群人正围在神庙跟前,不停地用锤子、斧头敲打着神庙。

力太郎感到很奇怪,就上前去问:"这是怎么回事啊?"

一个中年人告诉他说:"小伙子,你一定是从外地来的吧。这座神庙是几天前从天上降下来的,它可真是害苦了我们啊!有它堵在这里,我们就无法进城买东西,也无法将农产品卖出去,这样下去,我们迟早会被困死在这里的,所以我们决定把它凿开。"

"可是如此大的一座神庙,什么时候才能凿通呢?"

"水滴石穿,绳锯木断,只要我们坚持不懈,总有一天会凿开的!"那人自信地回答。

力太郎被他们的精神感动了,说:"让我来帮助你们吧!"

说完,他爬到神庙上,提起铁棒,使出全身的力气一击。只听"轰隆"一声,神庙断开了,中间现出一条宽敞的大道。

人们一见道路被打通了,都高兴地跳了起来。

这时,一个打雷一般的声音响起了,吓得人们纷纷闪躲,只有力太郎站在那里没动。

"谁这么大的胆子!竟敢砸坏我的枕头!"一个大力士出现了。原来,神庙是大力士搬来当枕头的,他见自己的枕头被打坏了,怒气冲冲地走了过来。

力太郎不怕,他提起铁棒怒气冲冲地向大力士冲过去,大声责备道:"你太自私了,只图自己舒服,而不顾他人的死活!"

"你这个小不点,居然敢骂我?"大力士瞪大眼睛,攥紧拳头,狠狠地朝力太郎砸过去。

力太郎轻巧一躲,闪过了这一拳。他一转身,绕到大力士身后,提起铁棒,猛砸向大力士的后脊椎骨。只听"咔嚓"一声,大力士的脊椎骨断了,他像被抽掉筋一样,瘫软在那里。"以后不许你再祸害百姓,否则,我决不饶你!"

"再也不敢了!"大力士哆嗦着说。

力太郎转身要走。

"请让我跟你一起上路吧,前方还有好多艰难险阻,我会助你一臂之力的!"大力士说。

力太郎见他一脸诚恳,就答应了,还帮他治好了脊柱。

于是,他们一起向城市走去。

俩人走着走着,突然,天空变得一片漆黑,不一会儿,天空裂开一条大缝,从里面掉出一堆火球。火球有磨盘一样大,喷着火砸下来。火球砸到地上,立刻燃起熊熊大火。农民的房屋、庄稼全被烧焦了。

一些火球擦着俩人的身子落下来,境况十分危险。

大力士一不小心被火球砸中了脚,脚上立刻被烫起了大泡,痛得大力士哇哇大叫。

力太郎一抬头,看到天上有两个大窟窿,嘶嘶地冒着蓝光。他提起铁棒,使劲向一个窟窿捅去。

只听"哎哟"一声,一个黑不溜秋的大汉摔在地上,捂着眼睛直喊痛。

瞬间,天变亮了,大力士脚上的疼痛感也消失了。

原来,那个大汉是黑暗武士,他想烧掉农民的田地和房屋,天上的大窟窿正是他的两只眼睛。

"你烧毁农民的庄稼和房屋!让他们怎么生活?"力太郎责问。

黑暗武士捂着眼睛,连声求饶说:"以后再也不敢了!"

力太郎见他悔过了,就为他治好了眼睛。

黑暗武士觉得力太郎很仁慈,也做了他的侍从。

于是,他们三人一起上路了。

傍晚,他们来到一个镇上。奇怪的是,街上连个人影都看不到。力太郎说:"这里的情形不太妙!"他们继续往前走,突然听见前方传来隐隐约约的哭声,走近了,才发现是一个姑娘坐在门边哭泣。力太郎走过去,问姑娘为什么哭泣。

姑娘很害怕地回答说:"去年,我们镇上来了一个妖怪,它每个月都要吃一个少女,不然,就会毁掉这个城镇。城里所有的武士都被妖怪杀了,明天妖怪就要把我抓去了。"

力太郎听完,气得火冒三丈,他安慰姑娘说:"你不用害怕,我一定会想办法救你的!"

第二天,力太郎将姑娘藏起来。他们三人站到大街上,等待妖怪的出现。

可是,等了很久,妖怪迟迟没有出现,大力士笑着说:"我看啊,那妖怪就是一个胆小鬼,一听见力太郎的大名就躲得远远的了。"

他的话音刚落,大地剧烈地抖动起来,力太郎三人有些站不稳了。接着,大地裂开一条大缝,从里面滚出一个铁球。铁球上长着一千只眼睛,它就是那个吃幼女的妖怪。

大力士纵身跳到前面,指着妖怪的鼻子说:"你罪大恶极,吃掉了多少少女!今天我要杀掉你,为民除害!"

妖怪一发力,从眼睛里伸出一只大手,一把将大力士抓起,扔了老远。

大力士歪倒在地,口吐鲜血,痛苦地惨叫着。

黑暗武士见状,忙从嘴里喷出几十个火球,向妖怪砸去。

妖怪见火球过来,身子也不躲。其中的一只眼睛射出一股气流,气流软得像棉花。火球一撞在上面,就被反弹了回去。

黑暗武士不甘心,又一次发力,天瞬间变得漆黑。他绕到妖怪身后,准备吃掉妖怪。

妖怪其中的一只眼睛是颗夜明珠,无论天多么黑,都能看得清清楚楚。因此它早有防备,背后的一只眼睛立刻喷出一团黏糊糊的黑胶,将黑暗武士整个包裹住了。

黑暗武士被包在里面,什么法力也使不出来了。

妖怪有一千只眼睛,就有一千种变化,似乎任何人都伤不了它。

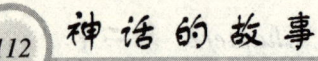

力太郎见武斗胜不了它,就准备智斗。他走上前,对妖怪说:"您真是厉害,我们投降了。为了表示我们的诚意,我特意献上一份礼物给你。"

"什么礼物?快拿来!"妖怪瞪大眼睛说。

力太郎给妖怪献上一个瓶子,并对他说:"这是一个魔瓶,里面有九千九百九十九个少女,谁能钻得进去,就可以把她们全部吃掉!"他叹了口气,继续说:"可是,到目前为止,没有一个人有能力钻进去!"

妖怪疑惑地看着力太郎,然后哈哈大笑,说:"你想骗我?我才没那么笨。"

力太郎说:"看来你是没本事进去吧,那你要瓶子也没用了!"说完,就拿起瓶子准备离开。

妖怪一听到说自己没本事,十分恼火,它大叫道:"天底下没有我办不到的事!"

他一把夺过瓶子,不屑地说:"今天就让你们见识见识我的厉害!"

妖怪开始默念咒语,然后它的身体突然变成了一团红气,"嗖"的一声就钻进了瓶子里。

力太郎见妖怪钻进了瓶子里,赶紧跑过去,用瓶塞塞紧了瓶子,对里面的妖怪说:"再见了,笨妖怪!"说完,将瓶子扔进了小河里。

妖怪气得龇牙咧嘴,恶狠狠地说:"等我出去以后,一定将你碾成粉末!"可任凭它怎么折腾,也跑不出瓶子。

镇上的人们知道妖怪被力太郎收服了,纷纷跑到街道上,感谢力太郎为镇上除了害。

这时,一个中年男人激动地跑到力太郎面前。紧握他的手说:"我的好女婿啊,我可找到你了。"

力太郎有些糊涂了,他不知所措地说:"您认错人了吧?"

"没有!"中年人解释说,"您是救我女儿的英雄,我曾发誓,谁救了我的女儿,我就将女儿嫁给他!"

不久,力太郎便和漂亮的姑娘结婚了。

过了些日子,力太郎又离开了新婚的妻子。他要到世界各地去转转,为黎民百姓做一些有益的事。

读后感悟

力太郎最终凭借着聪明才智战胜了吃人的妖怪。这个故事告诉我们,有些敌人看似强大,有些困难看似可怕,但只要我们拥有克服困难、打败敌人的勇气与智慧,就一定能够战胜它们。生活中,无论我们面对多么恶劣的情况,都不要放弃,因为人的潜能是无限的。

盲老人有智慧

从前,有一个商人,他经常去外地做生意。有一次他打算到另一个城市去做生意,为了少走弯路,稳妥起见,他特意向一位刚从那座城市回来的人了解情况。"不知道那个地方什么货物最好卖呢?""檀香在当地卖的价钱最高。"那人告诉他。

于是这个商人就花了大量积蓄收购了一大车的檀香,打算带到那里销售,狠狠地赚它一笔。一切准备好以后,他上路了。

经过了大半个月的长途跋涉,商人终于来到了这座城市的门口。在这里他遇见了一位和蔼可亲的老婆婆,老婆婆见他远道而来,便主动与他攀谈起来。

"我是异地人,第一次来这里做生意。"商人向她介绍了自己。

"那你可要当心了,这个地方有很多骗子,专门骗来这里做生意的外地人,你一定要小心啊。"老婆婆好心地告诫他。

商人满腹狐疑地进了城,找了一个客栈住了下来。

第二天早上,商人想出去了解一下檀香生意的情况。突然从门口进来一个人,直接朝他走了过来,真诚地说:"先生,一看您就是从外地来的,不知道我有什么能帮您的?"

商人感觉这个人非常热情,再加上自己初来乍到,便如实地说:"听说此地檀香的生意很好,因此我带来了大量的檀香。"

当地人一听,立刻露出惋惜的神情,无比真诚地对他说:"哎!你被人骗了。其实我们这儿檀香多如牛毛,当地人只用它来烧火煮饭。"商人感觉他语气真诚,便轻易地相信了他的话。他非常沮丧,从此开始意志消沉,每日借酒消愁。过了两天,那位当地人又来到了这个客栈,对商人说:"见你被人骗了,我非常同情你。要不这样吧,我愿意用一升任何东西来换取你的檀香,这样你也能减少一些损失。你愿意吗?"

"我非常愿意。"正感到走投无路的商人立刻就答应了他的要求。他们约好第二天进行交换,当地人便离开了客栈。

谈好了这笔生意,商人决定出去走走。在路上,他遇到了一个独眼人,这个人跟他一样都长着蓝色的眼睛。没想到的是独眼人见到商人以后,便一把揪住了他,大声喊道:"你站住,你这个家伙偷了我的眼睛,快点赔偿我。"商人哭笑不得地说:"眼睛长在脑袋上,我怎么能偷走,你快点放开我。"但是,独眼人依旧紧抓着他不放,于是两人便拉扯着争吵起来。围观看热闹的人越来越多,但是无一人上前来帮助商人。商人不想与独眼人继续纠缠下去,便无奈地答应第二天赔偿独眼人。独眼人这才松开了手,商人虽然恢复了自由,但他的鞋子在刚才的纠缠中被独眼人踩坏了。

商人看着破损的鞋子,只好走进一家补鞋店。对鞋匠说:"请帮我把鞋修好吧。"

可是,这个鞋匠很怪异,他并没有向商人收钱,只是对商人说:"我可以修好,但条件是你给的钱必须让我满意。"商人无奈之下,只好答应了他的要求,并且说好第二天会给让他"满意"的报酬。

离开了修鞋店,商人再也无心散步了,便打算回客栈去休息,在回去的路上,他看到很多人围在一起赌博。他也不知怎么就坐了下来,在赌徒们的怂恿下稀里糊涂地赌了一阵,最终输得一塌糊涂,而且还欠了很多的赌债。赌徒们对商人说:"摆在你面前的有两条路,第一,还钱;第二,喝海水。"商人懊恼极了,想起今天有那么多的烦心事,便对他们说:"明天吧,明天我给你们一个准确的答复。"

他离开赌场,沮丧地沿街走着,想到自己目前的境遇和今后的前途,心里十分难受,最后只得颓然地坐在路旁,低头默想。这时,他在城门口遇到的那位老婆婆走到了他的面前,看到商人难过的样子,便走过来询问:

"看你愁眉不展,心情沉重的样子,大概受人欺负了吧?能否告诉我发生了什么事?"商人把自己的遭遇从头至尾详细地叙述了一遍。

听了商人的话,老婆婆对他说:"外乡人常在这里受骗和被欺负,我真为你难过。不过现在我替你想个办法来弥补你的损失。你今天晚上去城门口附近,那里住着一位老盲人,他知识渊博,才智过人。遇到疑难问题的人常去向他请教,尤其每当夜深人静时,一些贼人、骗子就聚在他那儿,听他分析各种疑难问题。你今天晚上去那儿,躲在可以听到他们说话而又不会被他们看见的地方,静听盲老人指示他们怎样行事,便可掌握摆脱那些骗子的诀窍。"商人听了,谢过老婆婆,心里的一块大石头终于落了地。

到了晚上,商人遵照老婆婆的吩咐,向城门口走去。远远的,商人看到有几个人围在一个老盲人的周围。他走近了一些,小心翼翼的藏在了老人身后的树缝里。商人在暗处仔细打量,发现跟自己打过交道的几个人也在这些人里面。

那个买檀香的当地人对盲老人说:"我今天用一升任何东西换来了一车檀香,您看我这笔买卖怎么样?"老人略一思考说道:"你一定不能成功的。"

"为什么呢?"

"如果他说要一斗金子或一斗银子,你是否答应?"

"我当然答应给他,因为这样还是我划算啊。"

"但他若要一升跳蚤,并且其中有半升公的,半升母的,你也答应他吗?"

老人一语道出破绽,骗买檀香的人一时无言以答,知道自己输了。

接着那个独眼人对老人说:"今天我遇到了一个外乡人,他长着和我一样的灰蓝眼睛,我缠着他,诬陷他偷了我一只眼,非要他赔偿不可,他已答应明天赔偿。"

"你的对手可以轻易地战胜你。"老人想了一下说道。

"为什么呢?"

"他只需说:'让我们各挖出一只眼,放在秤上称一称,如果两只眼重量相等,那么就可以赔偿你。'这样你将成为盲人,而他只是瞎了一只眼而已。"

独眼人听了,垂头丧气地低了头,不再说话。

紧接着是那个鞋匠,他说:"今天有一个人来修鞋,我向他要求的价钱是'让我满意'。他答应明天付给我。"

"如果他要拿走自己的鞋子,可以不给你一文钱,也能达到目的。"老人斩钉截铁地说。

"为什么呢?"

"如果他对你说:'国王消灭了他的敌人,削弱了反对势力,国王的子孙以及拥戴他的军队壮大起来了,你对这样的事情满意吗?'若你回答'满意',他可拿走鞋子,如果你回答'不满意',那你可知道其后果会怎样?"鞋匠知道自己注定要失败,也低下了头。

最后轮到赌徒说话了,他说:"今天我和一个人赌博,最后他输了。我给他两个选择,一是还钱,一是喝海水。他答应明天给我答复。"老人摸了摸胡子,笑着道:"那他还是有机会胜过你的。"

"为什么呢?"

"他只需说:'我选择喝海水,但请你把大海送到我嘴边,我肯定会喝的。'"赌徒听了后,只有无可奈何地认输了。

商人躲在那里将老人与骗子们的谈话听得清清楚楚,知道了对付敌人的方法,便悄然溜走,回到旅店,美美地睡了个好觉。

第二天,赌徒来到旅店要商人履约,商人说:"好的,我选择喝海水,请你把大海抱来,我会开怀畅饮的。"赌徒无言对答,只得承认失败,并输了一百金币,败兴而归。

接着补鞋匠和独眼人也来了,商人用了从老人那里听来的办法,一一把他们打发走了。

最后,买檀香的家伙来到商人住的旅店,对商人说:"我给你送买檀香的钱来了,请你收下吧。"

"你给我什么呢?"

"当初我们议定的是以一升物品为售价,现在你要什么?金子?银子?你随便挑吧。"

"我既不要金子,也不要银子,只要一升跳蚤,半升公的,半升母的。"

"这我可就付不起了。"

"那你看怎么解决?"

商人占据了优势,对方无法抵赖,只得将檀香原物归还,并付了一百金币的赔偿金。商人按市价卖了全部檀香,心中的喜悦无法形容,满载着金银开心地回家去了。

盲老人的故事告诉了我们一个深刻的道理,要战胜狡猾的骗子就必须有过人的智慧。那么如何才能拥有智慧呢?智慧不是天生的,而是知识与经验的升华,我们从书本上、父母、老师那里所了解的知识必须经过我们的思考与领悟才能转化为智慧,同样,也只有通过亲自实践得来的经验才能结出智慧的果实。

雅典城市从何而来

在古希腊，每一座城市都有一个保护神。现在，统治全宇宙的宙斯要为一个新诞生的城市命名。

这个城市是由一个自由勇敢的民族领袖厄瑞克透斯，在克菲莎斯河附近多岩少泥的土地上建立起来的。它虽然很小，但万能的宙斯知道这个城市将会成为地球上最光辉的城市。

海神波塞冬和宙斯的女儿雅典娜都想当这个城市的保护神，用自己的名字来给这座城市命名，他们为此争执不下。宙斯不愿意偏袒他们任何一方，于是他决定选定一个日子进行裁决。

他邀请居住在奥林波斯山上的诸大神，让他们都来到现场，他要在大家面前裁判这件事。

集会的日子到来了，诸神都来到克菲莎斯河岸上，他们安静地坐在自己的位置上，等待着宙斯的裁决。神与人的伟大父亲宙斯高高在上，坐在最中央，在他的身旁坐着庄严美丽的神后赫拉。光明之神阿波罗手执月桂缠绕的七弦琴，金光闪闪的头发垂在他的额前，他的脸上透着掩饰不住的俊美。

阿波罗的身边，坐着他的妹妹月神和狩猎女神狄安娜，她终日在山林中追逐猎物或跟仙女们嬉戏游玩，以此消磨日子。宙斯的另一边，坐着永远精力充沛的畜牧之神赫耳墨斯，他是宙斯最忠实的信使和代言人，他手中执着一杖，以实行他伟大的父亲的意志。火神赫淮斯托斯和灶神希丝蒂亚也都坐在那里，还有好战的战神阿瑞斯和终日沉酣于酒宴的酒神狄俄尼索斯,爱与美之神阿佛洛狄忒也从海中浪花里升出来聆听这场裁决。

两位伟大的争执者站在他们面前,在静候着宙斯的裁判。体态婀娜的雅典娜手执那支百战百胜的长矛,光彩照人、仪态万千。波塞冬是地位仅次于宙斯的天神,在海上拥有至高无上的权利。只见他态度傲慢地站在雅典娜的身边,他的右手执着明闪闪的震大地、挥海波的三叉戟。

代言者赫耳墨斯从他的金椅上站了起来,用他清朗的口音在到会的众神前宣布:"伟大的宙斯现在要裁判这座光辉的城市以哪位天神的名字命名了。我们制定了这样的规则,波塞冬与雅典娜,他们当中如果有哪一位赐予当地的居民他们最渴望的物品,这座城市就以他的名字命名。如果波塞冬能呈出最有益于人类的赐品,这城市就取名为'波塞冬尼亚';但如果雅典娜呈出更高的赐物,这城便名为'雅典'。"

野心勃勃的海神波塞冬首先站了出来,他大步一跨,然后将手中三叉戟立在地面上,顿时海浪汹涌,大地颤动。

山峰连连摇晃,随着"嘶——"的一声鸣叫,从一座高山的深罅中跳出一匹骏马。

这匹马体态壮健,毛色纯白,有如落下之雪;当它四足踏在地上,奔驰过山与谷时,它的鬃毛傲然地在风中飘荡着。"请看我的赐物,"波塞冬得意地说,"谁能将比马更高明的东西赐给人类呢?所以,这座城该用我的名字来命名。"

宙斯满意地点点头,诸神也纷纷称赞波塞冬的赐物。过了好一阵,大家才把目光转向雅典娜。

只见雅典娜优雅地弯下身子,不慌不忙地在地上种下她右手所握的一粒小小的种子。

她不说一句话,依然恬静地望着诸神。立刻,那粒种子发生了变化,它长出了嫩绿的枝芽,而且它长得愈来愈高,很快长成一棵枝繁叶茂的大树。

第二章 外国神话故事

"啊,父亲!"她说,"我要将这橄榄树赐给人类,海神的战马虽好,但给人类带来的无非是无休止的抢夺与战争。我的橄榄树是和平与健康的象征,而且是幸福与自由的标志。和平与幸福才是人们最渴望的,那么,这座城市是不是该以我的名字来命名呢?"

人类高兴地欢呼雀跃,他们一致表示更渴望雅典娜所赐予的和平。

于是诸神异口同声地说道:"雅典娜给予人类的赐品更好,在和平中的城市将比在战争中更伟大,它的自由将比它的权力更光荣,把这个城市命名为雅典吧!"

宙斯沉吟了一下,最终他点头认可了,裁判这座城应取名为雅典。

胜利的雅典娜站在那里,她面对已属于她自己的土地,心中十分激动。她向厄瑞克透斯的城市伸出她的矛,说:"我将永远守护着这个城市,人类之子将在幸福和自由中长大,并且学会法律与秩序。他们将会做出伟大的事业并且将自由与光明传到别的地方,这座城市必将成为一座灿烂不朽的明珠之城!"

读后感悟

故事中,波塞冬和雅典娜两位天神,争抢着做一座城市的保护神,为了达到目的,举行了一场比赛。波塞冬的战马虽好,但给人类带来的无非是无休止的抢夺与战争,雅典娜的橄榄树是和平与健康的象征,而且是幸福与自由的标志。所以,最终雅典娜取得了胜利,宙斯就以"雅典"命名了那座城市。这说明,所有人都希望拥有和平与幸福,我们每个人都应该为世界的和平做一些力所能及的事。那么我们,也应该用自己的方式,呼吁大家创造和平的世界,反对任何不义的战争。

大熊星与小熊星的来历

在古希腊神话传说中,有一位美丽善良的少女,她的名字叫卡力斯托。在月神也是狩猎女神阿尔忒弥斯周围的仙女中,她是最动人的一个。但她从不以此自恃,她总是善待每一个伙伴,让每个人时时都感受到她发自内心的关怀。人们因此也都非常喜欢她。

卡力斯托不像其他的仙女那样整日在溪水边嬉戏,在花园里漫步,吟诗作赋,轻歌曼舞。她温柔的外表下却有着刚毅的性格,她总是身穿威武的猎装,肩背神弓,手持金矛,紧随着阿尔忒弥斯,在高山密林中勇猛地追逐野兽。猛虎令百兽战栗的吼声吓不倒她,狡猾的狐狸逃不脱她矫健的身手。她成了阿尔忒弥斯最得力、最信任的助手。

一个炎热的夏日,卡力斯托追赶野兽来到一片林间空地。她又热又累,便躺在绿荫丛中,很快就沉沉地睡去了。这一切,全被万能的宙斯看到了。看到茵茵绿草上躺着的美丽的卡力斯托,宙斯惊呆了,于是他从云端下来,轻轻地走近卡力斯托身边。

之后他们双双坠入了爱河中。在幸福地生活了一段时间之后,他们的儿子小阿卡斯出世了。宙斯由于事务繁忙,不得不返回天庭。

宙斯的妻子赫拉听说了这件事,向来善妒的她难以忍受他们的这种行为,她发誓要用法力好好惩罚一下卡力斯托,让她知道天后的威严。

于是赫拉来到卡力斯托居住的地方,做了一件极端残酷的事。她举起双手,念了几句咒语,卡力斯托纤细雪白的手臂,立刻长出了又黑又粗的汗毛;纤纤玉指变成了尖锐的利爪;娇红的双唇瞬间化为血盆大口。

Chapter2 第二章
外国神话故事

霎时间,天使般的卡力斯托变成了一只毛发蓬松的丑恶的大熊。

可怜的卡力斯托欲哭无泪,她只有不停地哀号,慨叹悲惨的命运。她听见她以前的朋友们在山上打猎的声音,她就躲到树背后发抖,因为她不愿意让她的朋友们看到自己现在的样子。虽然她的身体已是一只熊,可是她仍旧有着人的思想和情感。她怕树林里的野兽,只能终日在深山老林里东躲西藏。无数次,她回想着她最后看见儿子的那一天,她不知道这个孩子现在怎样了。

很快十五年就过去了,小阿卡斯长成了年轻漂亮的小伙子,像他的母亲一样,勇敢、坚定,成了一名出色的猎手。

有一次,他带了弓箭,在山林中寻觅猎物,东拐西弯,来到了一片小空地,突然发现在不远的地方,站着一只毛发蓬松的大熊。

那就是可怜的卡力斯托,她起初没有听见脚步声,等到发觉时,要躲已经来不及了。她就转过身来,看看来的是什么人。她虽然有十五年没有看见阿卡斯了,可是这位母亲,一眼就认出眼前的少年正是她十五年来朝思暮想的儿子。她用惊异的眼光凝视着这个已经长得这样高大和漂亮的孩子。她很想说话,可是她怕她的吼声会使阿卡斯害怕,只能用眼睛悲戚地盯着他。

起初,阿卡斯发现自己离大熊的距离不是很远,猛然间被吓了一跳。但后来他看见这只野兽老是用异样的眼睛盯着自己,而且那眼光里有一种奇特的悲哀。阿卡斯怎么会想到眼前的大熊竟是他失散了十五年的母亲!见到一只这么大的熊,他产生了一种不可名状的恐怖,于是,他在无意识间拿出了弓,架上一支箭,对准了他的母亲。

就在这十分危急的关头,宙斯出现了,夺去了他的弓箭。宙斯是一直喜爱卡力斯托的。他的妻子陷害了一个这么温柔善良的女人,他感到极度遗憾。为了尽量弥补赫拉的残酷所造成的过失,他略施神法,把阿卡斯变成了一只小熊。这样一来,阿卡斯立刻就认出了妈妈,他亲热地跑上去,依靠在母亲的怀里,母子俩终于幸福地相认了。

神话的故事

为了使这母子二人不再遭受什么意外,宙斯就把他们提升到天界,在众星之中给了他们两个荣耀的位置,这就是在北天闪耀着光辉的大熊星座和小熊星座。

可是,赫拉看见了新造出来的两颗星在天上闪烁着,非常生气。她憎恨卡力斯托,才把她变成了熊。现在宙斯却把她和她的儿子化成了伟大的星,这使她痛恨极了!

她感到忍无可忍,于是来到碧波万顷的海上找她的哥哥——海神波塞冬,请求波塞冬至少要替她做一件事,就是永远不要让大熊星和小熊星进入他的海底宫殿。

海神答应了赫拉的请求。就这样,每当你在海洋上看天上的星星,总可以看见其它星座东升西落,有一段时间沉没到地平线之下,那是它们到海神的领地去休息了。但是大熊星和小熊星却被排斥在外,永远在天空散发着光芒。

读后感悟

> 善良的卡力斯托和她的儿子在天帝的帮助下,化成了伟大的大、小熊星,他们母子的灾难终于解除。这个故事启示我们,遭受灾难时,不要绝望,除了想办法解决,还要坚韧不拔,不能被困难压垮。

桂冠的出处

在古希腊神话中,光明之神阿波罗是一名精力充沛、英勇无比的神箭手,不仅如此,他还可以用竖琴弹奏美妙的音乐。有一次,阿波罗正好碰到了带着弓箭的小天使丘比特。这个小天使有着非常美丽的金发、雪白的脸蛋,还有一对可以让他自由飞翔的翅膀,可是他的淘气也总是叫人无可奈何。

阿波罗用无比骄傲的口气警告道:"喂,小家伙,箭是十分危险的东西,小孩子不要随便拿来玩。"

但丘比特可不是一般的小孩,他是一个不好惹的小天使,听阿波罗这么一说,心里很不服气。

他生气地说:"你的箭固然能射穿所有的东西,可是我的箭还能使你受伤呢,你等着瞧吧。"说着,他带着满腔怒气飞走了,他要想办法使阿波罗认识到他的厉害。

那么,丘比特到底有什么厉害之处呢?

原来啊,他有两只箭,一支是金箭,凡是被它射中的人,心中就会立刻燃起恋爱的热情。而另一支是箭头很钝的铅箭,那些被它射中的人,就会十分厌恶爱情。

此时,丘比特坐在一棵大树上,恰好美丽的女神达芙妮从树下走过。这正合他的心意,于是,他拉起弓向达芙妮的心坎射了一支铅箭,被射中的女神顿时觉得浑身一阵麻冷。

就在这一瞬间,丘比特也看见了阿波罗,他快如闪电,对准阿波罗的

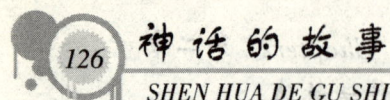

心脏快速而准确地射出了一支金箭。做完这些以后,他就兴冲冲地飞走了。

两支箭真的马上起到了作用。阿波罗一看见达芙妮,就深深地爱上了她,于是他立刻对达芙妮表白了自己的爱慕之情,可是相反地,达芙妮却很快地厌恶起了阿波罗。

她很不高兴地对他说:"走开,我讨厌爱情,请离我远一点。"说完,她马上转身逃走了。

阿波罗却并不灰心,他跟在达芙妮后边,紧追不舍。他叫她不要害怕,不要跑得那么快,生怕沿路的荆棘会把她刺伤。最后他高声说:"我既不是你的仇人,也不是洪水猛兽,你为什么要躲着我呢?请不要逃避我,我爱你,我不会伤害你的。"

没想到达芙妮听到他的呼喊后,愈加害怕,跑得更快了。阿波罗依然在后面疯狂地追着。

跑了好一阵子,达芙妮已经跑得筋疲力尽了,她来到河岸边上,眼看阿波罗就要追到她了。她急忙伸出双手,向她的父亲河神求救道:"我慈爱的父亲啊,快救救我呀!让地裂开一个口,把我吞下去吧;或者,改变我的形状,让他不要再追逐我了。"

话音刚落,她的四肢就立刻发生了变化,有一层薄薄的树皮,开始出现在她的白皙皮肤上了。

她的秀发变成了绿色的树叶,一双纤细的手臂变成了细长的树枝,她那双跑得非常快的腿,现在生根在地上了,两只脚变成了树根,深深地扎进了泥土中。她的父亲河神接受了她的祈求,把她变成了一棵月桂树。

阿波罗面对这个让他难以接受的事实,懊悔万分,他跪在地上,抱着月桂树失声痛哭起来。月桂树在不停地摇动,他凝视着月桂树,深情地说:"你虽然没有成为我的妻子,但我依然爱着你。美丽的达芙妮啊,我的月桂树。我用你的木材做我的竖琴,用你的花装饰我的弓。同时,我要赐你永恒的生命,你的树叶不论在夏天还是冬天,都将是常绿的,它将被用来编织胜利者的桂冠。"

也许是受到了阿波罗的祝福,月桂树一年四季都是绿色的。月桂从此以后成为阿波罗的标志,桂冠成了胜利和荣誉的标志。

阿波罗因为自己的射箭技术十分精湛,而看不起小天使丘比特,结果受到了小天使丘比特的捉弄。这就告诫我们,任何时候都不要骄傲自大,更不要蔑视别人,否则将会给自己带来不必要的麻烦。

女孩变蜘蛛

古时候,在遥远的希腊有一个名叫阿拉齐妮的年轻姑娘。她出生在一个贫苦的人家,父母做着最艰辛的工作,换来的却是微薄的收入。为了帮助家里维持生计,阿拉齐妮从小就学习刺绣针织。

她拥有一双灵巧的双手,织布的时候,她双手操作着梭子,姿态非常优美,她能用羊毛织成各种栩栩如生的东西,大家都对她赞不绝口。很快,她的名气就传遍了希腊各地。王公贵族们都争相从全国各地来看她织布,而且都不惜用重金来购买她的美丽的刺绣。

很快,阿拉齐妮的收入增多了,他们一家人也过上了宽裕幸福的生活,父母都为他们的女儿而骄傲。可是,好景不长,终日活在别人称赞与羡慕之中的阿拉齐妮,渐渐变得骄傲起来。她长久地沉溺在自己高超的技艺中,不理会身边的一切。有一天,她竟得意地夸下海口说,她虽然只是一个普通的民间女子,但是说到纺织和刺绣的本领,她可要比女神雅典娜强千百倍。雅典娜是智慧女神,在空闲的时候,她也常常用刺绣和针织来打发时间。

神是最不喜欢人们骄傲自大的,阿拉齐妮的夸口很快就传到了雅典娜耳中,她非常惊异,很想去看看说出这话的女孩子到底有多大的本领,居然不把神放在眼里。

于是,她把自己变成一个年逾古稀的老太婆来到人间,她拄着拐杖,弓着背,迈着蹒跚的步子缓慢地来到织布的小房间里。很多人都围着观看阿拉齐妮的高超技艺,雅典娜就混在这水泄不通的人群当中,只听织布机旁的阿拉齐妮骄傲地说:"看吧,我的技巧胜过雅典娜百倍。"

雅典娜听了,感觉到很生气,她用尽全力挤到了前边,来到了阿拉齐妮身边。她把一只手按在阿拉齐妮的肩头,和蔼地说:"好孩子啊,听一个生活经验比较丰富的老太婆的话,满足于在女人当中当一个纺织术的皇后吧,千万不要和天上的神比较。为了你刚才所说的愚蠢的话,请求神的原谅吧!我告诉你,雅典娜会原谅你的。"

可是阿拉齐妮根本不理会她的话,她满面怒容,狂妄地说:"你这个老太婆,少说废话。我的纺织技巧天底下无人能及,如果雅典娜本领比我大的话。她为什么躲起来,不敢跟我比赛呢?"

她的话音刚落,只见眼前的老婆婆瞬间变了模样,金色的光圈围绕在她的四周,她的皱纹消失了,拐杖也被丢在地上,她恢复了神的模样与姿态,容光四射。她说:"她现在来了!我就是雅典娜。"旁观的人都纷纷跪在地上向雅典娜顶礼膜拜。可是阿拉齐妮此时还不知道后悔,她依旧高昂着头,得意地说:"既然你来了,那我们就比试比试吧。"

大家连大气都不敢出,用惊奇和敬佩的目光,一动不动地盯着女神和这个高傲的阿拉齐妮,只见她们走到一台织布机前,开始沉默地工作。她们的巧手飞快地运转着,整个房间里只听得见两台织机工作的声音。

在雅典娜的织布机上,很快地出现了她与海神波塞冬竞赛的场面。画面上有十二位天神出场,宙斯威风凛凛地坐在当中,波塞冬手持三叉戟,一匹马正从地面跃了起来。在图画的四角,是一些狂妄自大的凡人与神竞争的下场,她的目的是警告阿拉齐妮,劝她赶紧退出比赛。

阿拉齐妮不理会别人的劝告,仍埋头在她的织布机上工作着,脸儿涨得通红,呼吸十分急促。她巧妙的手织出的图画则故意显示了神的缺点与错误。一个场面是描述欧罗巴如何被化身公牛的宙斯所欺骗,另一个场面是描述勒达轻抚着一只天鹅,那天鹅实际上是宙斯的化身。她用类似的主题堆满了整个画布,确实精彩极了,但明显地充满了对神的轻视。

雅典娜看到这幅织物,大吃一惊,不得不暗自承认阿拉齐妮比她的技术更加高明。但是这个女孩子太傲慢无礼而且对神大不敬,她应该受到应有的惩罚。此时,阿拉齐妮看到雅典娜满面怒容,突然感觉到自己的愚笨和错误了,可是现在懊悔已经来不及了。恼羞成怒的雅典娜走到阿拉齐妮身边,伸出手来在那美丽的纺织物上一点,那幅织物立刻碎成了千万片。然后她拿起梭子,在阿拉齐妮的头上连敲了三下。

骄傲的阿拉齐妮哪里受得了这样的侮辱。她从地上拾起一根绳子,想要上吊,来结束她的耻辱和悲哀。可是雅典娜阻止了她,说:"活下去吧,有罪的女孩。不过为了使你记住这个教训,从今以后,你和你的后代将永远挂在一根线上。"

突然间,阿拉齐妮的头发都掉了下来,耳朵和鼻子也掉了,她的身体体积也缩减了,于是头就显得特别大。她的手指紧贴身体两侧变成了脚,她从体内抽丝纺线,悬挂在一根游丝上,永远不停息地织着,结成一个又一个的蜘蛛网。

所以,你只要往一个到处是灰尘的屋角,或者花园的墙壁上看看,你一定会看见有一只或者几只蜘蛛在结网。这些蜘蛛虽然不是阿拉齐妮本人,但至少是她的子孙,它们永远在那里不停地结网。

读后感悟

> 阿拉齐妮因为自己的骄傲而受到了严重的惩罚,受到了雅典娜无情的诅咒。这个故事告诫我们,永远不要骄傲自满,取得一点点成绩就沾沾自喜、自鸣得意,甚至不听从长辈的告诫,这些做法都是不可取的。骄傲是无知,是缺乏思考的产物,它会使人狂妄、自我膨胀,甚至最终丧失自我,唯有保持谦虚的心态,你的能力才会步步提升。

爱歌被惩罚

从前,有一个年轻美丽的女神,她名叫爱歌,爱歌生性活泼,经常穿梭在山林中玩耍。天后朱诺十分喜爱她。爱歌也总是陪伴朱诺左右。但是,爱歌有一个缺点:她的话总是说个没完,而且无论是在辩论中还是在谈话时,她总要讲最后一句话。

一天,天后朱诺在山林中寻找她的丈夫朱庇特,妒忌的天后怀疑他正在和仙女们调笑。善良的爱歌怕仙女们受到天后的惩罚,一路上和天后说个没完,结果仙女们听到爱歌的声音,知道天后就在附近,于是乘机逃走了。天后发现了真相,就对爱歌下了诅咒:"你嚼舌根欺骗了我,今后你不能用你的舌头去说话,只能应声。你永远不能先开口,只能说最后一句话。"说完,天后就弃她而去。

有一天,爱歌在山林中闲逛,看见一群骑着马的少年在山上追逐猎物。其中一个英俊少年,英姿勃勃,令爱歌一见倾心。她多么渴望对他说婉约娇柔的话,可是,她已丧失了说话的能力,无法向他表白自己的心迹。于是,爱歌只好一路跟随着他。

最后终于有了合适的机会,那个少年和他的同伴们走散了,迷失在树林中。他大声地喊:"谁在这儿?"跟随他一路的爱歌听到他开口,欢喜地答道:"在这儿。"那少年听见有人在附近,向四周看看,却看不见人,就叫道:"来!"爱歌应道:"来!"但是没有人来。

少年听那声音十分动人,猜想一定是个年轻貌美的姑娘在附近。又问道:"你为什么要躲着我?"爱歌十分无奈,只能问了同一句话。

那青年又说:"美丽的姑娘,我们在这里相会吧。"爱歌听了,心中十分高兴,满心欢喜地说了同样一句话来回应他,她急忙从树丛中走出来,伸出她的玉臂来,想拥抱那个美少年。

不料那少年被她的一言不发吓了一跳,连忙后退几步,叫道:"别碰我!你究竟是什么人?我宁死也不让你碰我!""碰我。"爱歌说。但是已经没有用了,那少年惶恐地逃跑了。

爱歌无法向他道明一切,只能伤心地垂下手臂,又羞又愧地跑进树林深处,把自己隐藏起来。

从这以后,爱歌就不再到山林中去了,她终日躲在山崖石壁之间和岩洞里。

因为伤心过度,爱歌原本健康的身体一天一天地消瘦下去,到后来瘦得只剩下骨骼;一年又一年,她的骨骼经过风雨无情的摧残,渐渐变成了岩石,到最后连化作岩石的身体也消散了,只有她美妙的声音还回荡在山林岩洞中。

若有人来到这山林间,发出声音,她仍然会及时回应,并且继续原来的习惯——只说最后一句话。因此,人们给她取名为"应声姑娘",这也就是我们在山林石洞中大声说话就有回声的原因了。

读后感悟

故事中的爱歌,因为欺瞒了天后朱诺而被天后惩罚,最后被剥夺了说话的权利。虽然爱歌欺骗天后是为了帮助其他仙女们,但她采取的方式不当,最终导致自己被惩罚。所以,我们做事一定要采用合适的方式和方法,否则,结果可能就不是那么乐观,甚至会给自己带来很大的灾祸。

善有善报的桃太郎

从前,在日本岛的一个小村庄里,居住着一对老夫妇,他们膝下无子,日子过得清苦而平静。有一天,老头上山砍柴了,老妇人就去河边洗衣服,洗着洗着,她无意中一抬头,突然看见远处漂来一个非常大的桃子。"嘿,这真是令人惊奇的事。"老妇人活了这么多年,却从来没有看见过这样大的桃子。她首先想到的是,这个异常大的桃子够他们吃好多天了。"大桃子啊,快点漂过来吧。"老妇人大声地喊着,可是桃子依旧在河中央漂着,她根本拿不到。这时她忽然想起下面的几句诗来:

远处水咸,近处水甜;

绕过咸水,来到岸边。

这首小诗果然有神力,桃子好像听懂了她的话,向着老妇人所在的方向漂来,越漂越近了。老妇人俯下身去费了很大的力气,才将桃子捞起来。这时候,她已经气喘吁吁了,她将桃子装在木盆里,费力地向家中走去。

傍晚的时候,她丈夫砍柴归来,一进门就大声喊道:"老伴啊,我回来了,好饿啊,家里有什么吃的?"

这时,老妇人兴奋地从碗橱里拿出桃子来给他看。

"哎呀,这是什么东西啊。"老头子惊得大叫一声,然后定睛一看,原来是一只奇大无比的桃子。又累又饿的他觉得这桃子吃起来一定很美味,他很高兴,立刻去厨房拿来一把刀,准备把桃子切开来吃,谁知桃子却自动裂开了一个大口子。夫妇俩很是奇怪,他们往里边一看,发现里面居然有一个可爱的小男孩。夫妇俩一直渴望有个孩子,现在意外地得到了这个小男孩,他们心里非常高兴。他们轮流抱他,吻他,对他说了许多甜蜜的、疼爱的话。

"莫非是上天可怜我们夫妇俩没有孩子,所以赐给我们一个小宝宝?"老两口心想。

这一刻,夫妇俩开心极了,他们给小男孩取名为桃太郎。从此这夫妇俩人就十分小心、尽心尽力地照顾着他。

很快地,桃太郎从一个襁褓中的婴儿长成了一个十六岁的少年。与同龄的男孩子相比,桃太郎要高大得多,也强壮得多。而且,他最喜欢打抱不平,他最向往的就是做一个伟大的英雄,为民除害。

有一天,一个从港口回来的渔人来到桃太郎家做客,他和桃太郎的养父聊天,无意中说到东北海的某一个岛上住着好些魔鬼,他们专门捕捉无罪的人,吞吃他们。桃太郎听了这一番话后,非常生气。他想杀死他们,救出那些不幸的俘虏。于是他来到养父跟前,请求养父答应他去小岛上诛杀那些魔鬼,做一些惊天动地的大事。

养父听完桃太郎的大胆计划,很赞赏他小小年纪就有这么远大的志向,但还是不免有些担心,后来想到桃太郎是天上派来的,从小就勇猛过人,相信世界上的魔鬼不能伤害他。因此养父最后还是答应了他,说:"去吧,孩子,去杀死魔鬼,为地方造福!我们等待着你胜利归来。"

怀着伟大的志向,桃太郎和他的养父养母告别,踏上了征程。临走时,老妇人给他带了好些米糕,并且嘱咐他吃饱了才能有力气打败妖怪。

桃太郎走了很长一段路,有些累了,就在途中的一个篱笆下面休息。他取出一块米糕正想吃,这时有一只很大的狗走到他面前,对他说:"给我一块米糕好不好,我实在是饿极了。"桃太郎想了想就把米糕递给了大狗。大狗得到了米糕非常高兴,当它知道站在它面前的是大名鼎鼎的桃太郎时,它摇着尾巴,向桃太郎叩一个头,要求做桃太郎的仆人,跟他一起上路。

Chapter2 第二章
外国神话故事

桃太郎欣然地收了这只狗,然后他们一同出发了。

桃太郎和大狗继续前行,他们行走在艰难的山路上,又遇见了一只猴子,这猴子也十分饥饿,桃太郎又给了猴子一块米糕。猴子吃了米糕,马上精力充沛,为了报答他,也要求跟桃太郎一起上路,为桃太郎服务。桃太郎也答应了它。一路上,狗和猴子老是打架,不过,在桃太郎的调解下他们结成了要好的朋友。

他们继续赶路,走着走着,又碰到了一只野鸡。狗看见野鸡美丽的羽毛起了妒忌之心,他冲上前去,要咬死这只野鸡,桃太郎把它们两个分开了。野鸡为了报恩,问过桃太郎此行的目的后也加入到桃太郎的队伍中,它谦恭地走在最后。

一路跋山涉水之后,桃太郎和他的伙伴们终于到达了东北海的海岸。从这里望去,可以看见对岸住着魔鬼的岛屿。可是,他们却无法过河。桃太郎沿着海岸寻找,终于找到一只渔船,桃太郎向渔夫说明了他们的来意,渔夫爽快地答应把船借给他们。他们四个都上了船,扬起了帆,同心协力地向前划着,小船向着魔鬼岛飞快地驶去。

魔鬼岛离他们越来越近了。这是一个地势险要的岛屿,还没有踏上那里,桃太郎就感到阴森恐怖,但是桃太郎告诉自己和他的伙伴千万不要被吓倒,无论如何都要前进。桃太郎鼓起勇气,开始行动。首先,他命令野鸡做他的使者,通报他已来到,叫魔鬼们投降。

野鸡领令飞过去,停在一个很大的城堡的屋顶上,扯着嗓子大声叫道:"我们的勇士桃太郎来了,魔鬼们快快投降,否则桃太郎就把你们统统杀光。"然后,他又补充说:"魔鬼们,快快把你们的角弄断,作为投降的一个标志吧。"

没想到魔鬼们听了只是哈哈大笑,整个城堡上空充满了狂妄恐怖的笑声,把野鸡震得从顶上掉了下来。接着,魔鬼们冲出城堡,他们一个个凶神恶煞,头顶着丑陋的角和乱糟糟的毛发,叫嚣着:"谁是桃太郎,敢来我们的地盘捣乱,真是活得不耐烦了。"他们手持铁棒,狠狠地向野鸡投掷过去。野鸡巧妙地避开了他们的攻击,踩着许多魔鬼的头飞快的走了。

此时,桃太郎和他的另外两个同伴已经登陆了。他一上岸,就看见河边有两个美貌的少女一边哭泣,一边在洗浸透血迹的衣服。

她们悲苦地说:"我们是国王的女儿,被魔鬼抓来关在这个可怕的岛上,做了它的俘虏。它马上就要杀死我们。唉,没有人来救我们!"她们说着,又哭起来了。

"姑娘们,"桃太郎说,"我来到这里,就是为了要杀死魔鬼,拯救你们的。请你们告诉我怎样走进那边的城堡去。"

由两个少女带领,桃太郎、狗和猴子通过一个小门进入了城堡。他们刚刚进入城堡的大门,就勇猛地攻打。桃太郎勇敢地迎战魔鬼的头目,大狗"汪汪"叫着,狠狠地咬住了魔鬼的脚,猴子也不甘示弱,他上蹿下跳,伸出爪子把魔鬼身上抓得伤痕累累。这时候,野鸡也来助阵,用它锐利的嘴将许多魔鬼的眼睛啄瞎了。魔鬼们非常惊骇,纷纷从城墙上掉下来,跌得粉身碎骨。

很快,魔鬼们就被打得落花流水,狼狈不堪,成了桃太郎和他的同伴们的刀下之鬼,除了魔王以外,所有的魔鬼都被消灭了,而这个魔王很聪明,他眼见局势无法扭转,就缴械投降,求饶他一命。

"伟大的英雄桃太郎啊,求您饶了我这条小命吧,我以后再也不敢作恶了。"

"不,"桃太郎厉声说,"我决不能放过你这魔鬼!你抢掠了那么多财物,而且害了那么多无辜的百姓,对你绝对不能姑息。"

桃太郎说完,就把魔王交给猴子看管,然后自己走进城堡里,一间一间地查看了所有的房间。他把许多关在那里的人释放了,还找到了不少宝物。

桃太郎把那两位姑娘送回她们家里,同时把许多关在岛上的其他人送回家去。全国为桃太郎和他的同伴们的归来举办了盛大的欢迎仪式,

外国神话故事

桃太郎在队伍中一眼就发现了他的养父养母。他们互相搀扶着,脸上洋溢着幸福的笑容。桃太郎从魔鬼那里带来了许多金银珠宝,他把这些东西都分给了穷苦的百姓。从此以后,岛上的百姓再也没有灾难了,他们都过上了幸福安宁的日子。

故事中的桃太郎,心地善良,在去小岛的途中分别救助了一只大狗、一个猴子和一只野鸡。而它救助的这三种动物,最后在消灭妖怪的过程中都起到了巨大的作用。这就叫:善有善报。现实生活中,我们一定要多做好事,在他人需要帮助的时候,及时去帮助他人。

太阳和月亮为何在天上

相传很久以前,太阳和他的妻子月亮,还有水一同住在地球,大家相处得非常和睦。太阳常常到水的家里去做客,每次,他们都谈得十分欢快。但是,水却从没有到过太阳的家里。有一次,太阳热情地邀请水和水的家族到它的家里作客。

水笑着说:"实在不好意思,一直没有去拜访你,因为我的家族实在太庞大了,你的房子太小了,恐怕容不下我们。"

太阳回答道:"很快我们的新院落就建成了,新院落很大,相信一定可以容得下你们的。"

于是水答应说:"等新院落建成,并且确实非常宽大,我就去你们家作客。"

很快,太阳和月亮在一帮好友的帮助下,盖起了一座非常气派的大院子。

于是,太阳再一次邀请水来自己家。水心里还是有些不情愿,但不忍心看到太阳一直苦苦地恳求,最终还是接受了邀请。水领着它的家族——成百上千条鱼,一些水老鼠,还有几条水蛇,浩浩荡荡地穿过太阳家的大门,涌进了院子。

很快,院子里的水已经漫过了园中的花草,太阳和月亮不得不节节退后,当水快到没膝深的时候,它停下来,向太阳问道:"你仍然希望我们走进你的院子吗?"

"是的,"太阳还没有看清楚水的威力,它傻傻地说,"让它们全都来吧!"

于是,水继续向院子里涌来。太阳和月亮不得不爬到房顶上,以免被水淹没。

"你现在还愿意让我和我的家族走进你的屋子吗?你难道就不怕我们把你们逼得没地方去了吗?"水又问道。

太阳此刻显得有些局促,但它不愿意对朋友食言,只能硬着头皮说:"是的!我说话算话,我说过我请你们都来的。"

有了太阳的热情对待,水于是什么也不考虑地向前奔涌。很快,水就漫过了屋顶。太阳和月亮没有了立足之地,只好呆在天上了。从此,我们看到的太阳和月亮就永远在天空上了。

太阳的好客热情是十分可贵的,但是它却没有认清水到底有多广多深,结果弄得自己无处容身。这个故事告诉我们,做事之前一定要明确自己的能力与底线,还要了解清楚你所要接触事物的特点,千万不可因为一时的好面子而去逞能。

感动天神的乞丐

在印度遥远古老的时候,大森林深处的一座小屋子里,居住着一位白发苍苍的老人和他的儿子,他们还有一个佣人和一条忠实的狗。他们的生活十分清贫,但是大家相处得十分融洽。

有一天,印度干旱如火烧的大地上突然下起了瓢泼大雨。

这天夜里,狂风大作,暴雨如注,雷声轰鸣。老人一家躲在小屋里不敢外出。他们储存的食物不多,旧箱子里也只有四份面包。他们是多么希望暴雨可以快快停歇,以便出去寻找些食物。

他们在小屋里围桌而坐,狗卧在主人的脚边呼呼大睡。忽然,传来了一阵急促的敲门声,佣人急忙过去,打开门一看,原来是一位衣衫褴褛的老乞丐。他走了进来,对老人说:"好心的人啊,我已经好几天没吃东西了,求求您给我一点食物好吗?"老人见乞丐十分可怜,仔细地看了看面包箱,对佣人说:

"他真是可怜,这么大年纪了,连一个挡风遮雨的地方都没有,他比我们更需要食物,把我的面包分给他些吧,愿神保佑我们。"

佣人听主人的吩咐拿了块面包送给那个乞丐,并让他离开了。乞丐十分感激,祝福他们之后就走了。

七天过去了,面包快要被吃完了,那个乞丐再次来讨要食物。老人对他的行为沉思了一下,对佣人说:

"如果你帮助不幸的人,神一定会赐福给你的,把你的面包分给他些吧。"

Chapter2 第二章
外国神话故事

佣人有些不情愿,但还是拿了面包送给了乞丐。

大雨无休止地下着,又过了七天,那个乞丐又来要面包,他的身体已瘫软无力了。

老人对儿子说:"儿子啊,你应该学会帮助别人,把你的面包给他些吧。"

善良的儿子点点头同意了,佣人忧心忡忡地把面包送给了那个乞丐,乞丐的眼里含着感激的泪水。

接连一个月过去了,暴雨仍然丝毫没有停止的迹象,天空中乌云密布,像打翻了墨汁一样。这时,乞丐第四次敲开老人家的门,再次祈求给他一点吃的。

老人无奈地望着面包箱,说:"我们只剩下留给狗的那份面包了。就把留给狗的面包给他吧,如果狗明白这是一件好事,它也会感到高兴的。请神赐福给这位兄弟,让我们帮助他减轻一点饥饿吧!"

佣人听从了主人的话,他已经料定到了主人一定会帮助乞丐,十分平静地把面包送给了乞丐。乞丐接过送来的面包,忽然开口叫出了佣人的名字并为他祝福。佣人顿时大吃一惊。同时,他惊讶地发现,乞丐的样子发生了变化,闪耀的光圈笼罩着他,破旧肮脏的衣服从他那瘦骨嶙峋的身上脱落了,皱纹和污渍从他的额头、脸上消失了,他立即呈现出了永不消失的活力。原来,他是印度的天神布拉赫玛所变。他在天上看到了老人一家的贫困,于是化作一个乞丐去试探他们是否是仁慈的善人。他走到佣人的身边,交给他一颗像桃仁那样大的种子,并且说:

"你们一家人已经通过了我的考验,神是不会让好心人一直饱受贫穷之苦的。现在,我要奖赏你们这些善良的人,请把这粒种子交给你的主人,让他种下,很快它会长成一棵大树,结许多果子,你们以后就再也不会挨饿受苦了。"

佣人既兴奋又惊讶,恭敬地向神表示感谢,他返回屋里,把种子交给主人,并且讲述了他见到天神的经过。老人赶紧走出屋子,想要感谢天神，但此时天神早已经消失得无影无踪了。老人深情的望着手中的种子，向天神布拉赫玛致谢。

老人埋下的那粒种子很快就发芽了，经过一段时间就长成了一株神奇的参天大树。在茂密的树枝中间悬挂着四个硕大的果子，那是四个巨大的面包，松软可口，十分鲜美。从此，印度到处都栽种上了这种面包树，这是天神布拉赫玛送给他热爱的人民的神圣珍贵的礼物。

读后感悟

这则故事的中的老人宁肯自己挨饿，也要帮助天神扮成的乞丐，最终感动天神，获得了丰厚的回报。这个故事告诉我们，帮助他人是一种美德，无论何时我们都要继承乐于助人的优良传统。

阿里巴巴战胜四十大盗

(一) 芝麻开门

很久以前,在波斯的一个小城市里住着俩兄弟,哥哥叫卡希穆,弟弟叫阿里巴巴。他们的父亲去世后,他们各自分得一些有限的财产,然后各谋生路。

不久卡希穆幸运地娶了一个富商的女儿,这个女人从她父亲那里继承了一大笔遗产,卡希穆与她结婚后继续经营生意,不久就赚了许多钱,一跃成为富翁。

而阿里巴巴娶了一个穷苦人家的女儿,他们的全部财产,除了一所供起居的茅舍外,就剩三头毛驴。阿里巴巴就每天骑着毛驴去丛林砍柴,然后拖到集市上去卖,以此为生。

卡希穆是个无情的人,尽管他很富有,但从来没有接济过弟弟一分钱。

一天,阿里巴巴像往常一样赶着三头毛驴上山砍柴。他砍了三大捆柴。正当他砍好柴准备下山时,不远处突然出现了一股烟尘,弥漫着朝他这边卷来。靠近以后,他才看清,原来是一支马队正急速地向他这边冲来。阿里巴巴心里非常害怕,若是碰到一群强盗,不仅毛驴会被抢走,恐怕连自己性命也难保。于是,他赶快把毛驴赶到林中的小路上,自己则爬到了一棵大树上,藏在茂密的枝叶间。

一会儿工夫,那帮人就来到了树下,翻身下马。阿里巴巴在树上看得一清二楚,他们一共四十个人,个个身强力壮。从他们的言谈中,阿里巴巴听出这是一伙强盗,刚刚抢劫了一支商队,准备来这里藏匿财宝。

这时,一个首领模样的强盗背着沉重的袋子,走到一块大石头跟前说:

"芝麻开门!"

他的话音一落,巨石立即分开,露出一个洞来。首领走在最前面,强盗们鱼贯而入。过了一会儿,又一个一个走了出来。强盗头领说:

"芝麻关门!"

随着他的喊声,巨石立刻恢复了原状,与其它山石连接在一起,就像从来没有分开过一样。随即,强盗们一个个纵身上马,跟着首领扬长而去。

阿里巴巴对这一切感到万分惊奇。他想:"既然我知道了打开这个山洞的咒语,我就要去亲自试验一下,看看里面到底有什么。"

于是,等强盗走得无影无踪之后,他从树上一跃而下,走到巨石前,大声喊道:

"芝麻开门!"

那块巨石果然应声而开,露出洞口。阿里巴巴小心翼翼地走了进去,立刻被眼前的景象惊呆了。洞中堆满了财宝:无以数计的金币银币,满筐满箩的珍珠、宝石,还有一堆堆的丝绸、锦缎和彩色毡毯……阿里巴巴一生中从来没有见过这么多好东西,他相信这里是强盗们世代经营起来的宝库,他对珠宝并不感兴趣,只是迫切需要金钱,于是,他赶紧装了三头毛驴能够驮得动的金币,匆匆跑出山洞。随后他说了一声:

"芝麻关门!"

巨石又回到了原地。

阿里巴巴驮着金币赶着毛驴,回到城里。到家后,他的妻子看见袋中装的全是金币,以为是丈夫偷来的,便责问她的丈夫。

阿里巴巴把自己在山中的经历和金币的来历告诉了她,妻子这才放心。她惊喜万分,金灿灿的金币使她眼花缭乱。她打算数数这些金币,可是金币实在太多,怎么数也数不清。但她还是希望量一量这些金币到底有多重。

于是,她急急忙忙到卡希穆家借量器。卡希穆不在家,她便向卡希穆的妻子借。卡希穆的妻子好奇心很重,一心想知道她要量什么东西,但又不方便直接问,于是,她便在量器底抹了一点儿蜂蜜。这样,无论阿里巴巴的妻子量什么,都会粘在量器的底部。

阿里巴巴的妻子将量器拿回家时,阿里巴巴已经挖好一个大坑,为了不让人发现,他准备把金币全部埋进去。待妻子量完金币,他们俩一起动手将金币埋进坑中,谁也没有发现量器底的蜂蜜。

阿里巴巴的妻子将量器送还给卡希穆的妻子,卡希穆的妻子马上发现了量器底粘着一枚金币。她先是大吃一惊,紧接着妒火中烧,咬牙跺脚地发誓,非要把事情弄明白不可。

当卡希穆回到家中,妻子便对他大发脾气说:"你弟弟阿里巴巴把我们骗啦!他表面上穷得叮当响,暗地里富有得很呢!"

卡希穆对妻子的话十分费解,一脸疑惑。于是妻子就把事情的原委一五一十地说了出来,并拿出了那枚金币给他看。卡希穆听了,顿时气得火冒三丈,忌妒、羡慕、恼恨交织在一起,贪婪的念头萦绕着他,使他不顾一切地奔到阿里巴巴家,强迫他马上讲出金币的来历。

阿里巴巴知道秘密已经泄露了,只得将发现强盗和山洞中财宝的事毫无保留地告诉了哥哥。卡希穆听了,声色俱厉地说:"你一定要告诉我那个山洞在哪里,还有开、关洞门的咒语,否则我就把你告到法庭,让他们没收你的钱财,抓你去坐牢!"

阿里巴巴在哥哥的威逼下,只得把一切一字不漏地告诉了他。财迷心窍的卡希穆把这一切都牢牢记在心里,然后他立即回家备好了十头骡子,赶着它们向丛林出发了。

卡希穆按照阿里巴巴的讲述,找到那块巨石,大声说:

"芝麻开门!"

随着喊声,巨石豁然裂开了,卡希穆喜不自禁,走了进去,洞门立刻自动关上了。

面对洞里堆积如山的金银财宝和绫罗绸缎,他内心的激动之情难以形容,有些不知所措了。过了好久,他才如梦初醒,急忙大肆搜集珠宝,好几个小时过去了,他挑出足够十骡子驮的东西才准备返回。可是由于他之前兴奋过度,竟然忘了开门的暗语。他试着说了一声:"大麦开门!"门纹丝没动。他越发惊恐不安,又说:"豌豆开门!"门还是没开,他又说:"燕麦开门! 小麦开门! 扁豆开门!"他说遍了豆麦谷物之类的各种名称,却把芝麻给抛在脑后了。

由于卡希穆的过度贪婪,导致了意想不到的灾祸。这下,他相信自己必死无疑了。

正在这时,强盗们抢劫归来。他们老远就看见成群的骡子停在洞口,猜到准是有人进了宝库,于是连声大叫:

"芝麻开门! 芝麻开门!"

洞门打开了,卡希穆看见了一伙持刀握剑、凶神恶煞的强盗。他知道性命难保,一下子吓瘫了。愤怒的强盗首领一剑刺向卡希穆,结果了他的性命。紧接着强盗们七手八脚地把他的尸体砍成四段,挂在洞内的四个角落,以此作为警告,让敢来这里的人知道自己的下场。

天黑的时候,卡希穆的妻子见他还没有回来,不免有些担心,于是焦急万分地跑到阿里巴巴家,将丈夫到现在还没回来的事情告诉阿里巴巴。阿里巴巴也预感到哥哥可能遭遇了不测。但他为了不让嫂子担心,只是安慰地说:"嫂嫂,大概哥哥怕人发现他的行踪,先躲进了森林里,我想他过一会就会回来的。"

卡希穆的妻子听后稍稍放下了心,可是时至半夜丈夫仍然未归,她坐立不安,好不容易熬到天亮,便急忙去请阿里巴巴寻找她的丈夫。阿里巴巴赶着三头毛驴悄悄去了宝库。一跨进山洞,他就看见了卡希穆的

尸首被砍成四块分别吊在洞的四周,他惊恐万分,非常伤心。过了一会儿,他强迫自己安静下来,硬着头皮把哥哥的尸体取下,装进口袋,用一匹毛驴来驮运,随后,他又装了两袋金币,分别让其它两头毛驴驮着,把尸首和金币平安运回了家。

阿里巴巴一回到家,他嫂子就看见了丈夫的尸体,痛哭不已,阿里巴巴安慰嫂子说:"事情已经发生了,改变是不可能的了。我们现在能做的就是保守秘密,不能让强盗知道,否则强盗找上门来,我们全家都会没命的!"

"我们该怎么办呢?"卡希穆的妻子面对这样的事情非常恐慌。

(二)聪明的女仆

卡希穆家有个忠实而聪明的女仆,名叫麦尔佳娜。听了他们两个人的对话,她自告奋勇地走上前去,给他们出了个主意。

第二天早晨,麦尔佳娜去了一家药店,装作若无其事的样子,说:"我家老爷卡希穆病得很严重,既不能说话,也不吃东西,看样子快要死了,有什么药能够救急吗?"

老板卖给她一剂药,她急忙跑回家。第二天,她又来到药铺,装作忧愁苦闷的样子对老板说:"我担心他连药也吃不下去,这会儿恐怕都咽气了。"

到了半夜,卡希穆家传出举哀、哭泣声,街坊四邻听了,没有一个人怀疑,因为这两天他们总看见阿里巴巴和他的妻子在卡希穆家跑进跑出。

"我们怎样把这一块一块的尸体装殓啊?"卡希穆的妻子又提出一个难题。

"我给你们找一个缝尸匠来!"麦尔佳娜说。

她以最快的速度找到一家缝纫店,拿出两个金币塞到老板手上。老板是一个贪钱的老裁缝,名叫巴巴·穆斯塔发。他见了金币眼前一亮,忙问姑娘有何事相求。麦尔佳娜说"你愿意用一块布蒙着眼睛跟我去我家一趟吗?"老板忙不迭地答应了。于是他随姑娘向家中走去。到家后,麦尔佳娜把他领到停放卡希穆尸体的房间。

麦尔佳娜伸手给裁缝揭去手帕,并告诉他:"你把这些尸块按原样缝好,然后给他缝一套寿衣。"裁缝的动作熟练麻利,很快便把凌乱的尸块拼在一起,并做好了寿衣。一切完成之后,麦尔佳娜又给了他一枚金币,然后又用手帕蒙住裁缝的双眼,把他送回了裁缝店。由于麦尔佳娜的聪明才智,卡希穆死亡的真相永远不会被其他人发现。

卡希穆的丧期过后,因卡希穆家无人照顾,阿里巴巴继承了他哥哥的生意,并肩负起了抚养、教育侄儿的责任。

这一天,当强盗们再次返回到他们的宝库时,发现卡希穆挂在洞中的尸体不翼而飞了,而且洞中又少了一些金币。

"准是他的同伙将尸体偷走了!这件事必须查清楚,否则我们的财富就保不住了"他们说。"让我去城里打探消息吧。"一个强盗站了出来,首领点头同意了。

这个强盗化好装,当天夜里就跑到了城里。黎明时分,他经过巴巴·穆斯塔发的裁缝铺,见穆斯塔发正坐在铺里干活,便怀着好奇心走上前去问道:

"天还没亮,你怎么就起来干活了,你看得见吗?"

穆斯塔发得意洋洋地说:"别看我上了年纪,眼力还好得很呢。昨天,我还在一间漆黑的屋子里缝合了一具被砍成几段的尸体呢!"

这强盗听到这些话,心里十分兴奋,便通过威逼利诱套出了裁缝与麦尔佳娜之间发生的一切,然后塞给穆斯塔发一枚金币,让他领着去看看那所房子。穆斯塔发接过硬币,不好意思地说:"其实我也不知道那家人的住址,因为当时那姑娘用手帕蒙住了我的眼睛。"

"太遗憾了,那这样吧,我们可以像你上次那样,演习一遍,说不定你会想起来的。"强盗想了一下这样说。

于是,强盗蒙上了他的眼睛,在强盗的牵引下,穆斯塔发边揣测边摸索,跟着强盗走了一会儿。穆斯塔发本是个感觉灵敏的人,过了一会儿他突然停下来大声说:"就在这儿!"

强盗满心欢喜,连忙在阿里巴巴的住宅前用白色粉笔画了个"×",作为记号,然后匆匆回到宝库中,汇报了情况。

强盗和裁缝刚刚走开,麦尔佳娜正好外出办事。刚跨出大门,她就发现了门上的记号,她料想这么做的人肯定不怀好意,于是心生一计,拿出粉笔在所有邻居家的大门上都画了同样的记号。

这天夜里,强盗们全体出动,前去抓人,可是他们发现街上每家门上都有个"×",不仅颜色一致,连位置也一致,那个画记号的强盗也被搞糊涂了。强盗们只好无功而返。

回到山洞里,强盗头领大为恼火,更是一刀刺死了做记号的强盗,他又派出第二个强盗去找。这次,强盗在阿里巴巴的院门上画了个红色记号。回到山洞,他得意地向首领报告。不料,又被麦尔佳娜发现了,她又在所有邻居的门前画上了同样的红色记号。

当天夜里,强盗们又来抓人,但他们很快就失望了,因为强盗们又被捉弄了。回到驻地,强盗头领怒不可遏,大发雷霆,把第二个强盗也处死了。他叹了一口气,说:"你们一个个都是些没用的东西,看来还得本大王亲自出马。"于是他单枪匹马地冲到城里,找到了巴巴·穆斯塔发,让他领到阿里巴巴的家门前。他吸取了前两个强盗的教训,不再做记号,只是在门前站了许久,暗暗记下住宅的每一个特征,直到相信不会弄错才离去。

强盗头领回到驻地,想出了一个绝妙的主意,他对强盗们说:"你们给我找四十个大罐来。三个里面装满油,你们就钻到其它三十七个里面。然后用二十头骡子驮着这四十个大罐,我装扮成卖油商到那个坏蛋家暂住。天黑以后,以投石为信号,你们便从罐中出来,我们大家一起动手先结果坏蛋的性命,然后搜查财物,把丢失的东西全部夺回来。"

"大王英明。"头领的主意得到了强盗们的支持。

一切布置妥当后,强盗头领就赶着牲口向阿里巴巴的住宅出发了。

到了阿里巴巴的住宅,化了装的强盗头领上前敲门。他对阿里巴巴说:"我是外地来的卖油商人,经常来这里做生意。今天太晚了,可是我还没有找到住的地方,可以在你家借宿一宿吗?"善良的阿里巴巴相信了强盗头领的话,同意了他的请求,把他请进屋去,并帮他将四十个大罐卸在院子里。

阿里巴巴不知他的真实身份,两个人一边吃一边聊,一直谈到很晚。这时,麦尔佳娜房间里的油灯干了,油壶里也没有油了,便走到院子里准备取一点油。正准备打开客人带来的一个大油罐时,她突然听见里面有轻微的喘息声,吓了她一跳。于是,她挨个油罐听,听见里面也有轻微的喘息声,只有最后三个油罐没有声音。凭着她的聪明,她明白了,这是强盗们耍的阴谋!于是,她不动声色地打开真正的油罐,舀了一大锅油,放在火上煮沸,然后把沸油倒进每个罐子里。结果,强盗都被烫死在油罐里面了。

夜深了,院子里静悄悄的,阿里巴巴也睡着了。强盗头领见时机成熟,便按照事先的计划,向院子里投出了一块石头,叫强盗们出来。可是一点反应也没有,他又投了第二块、第三块石头,仍然不见有一个手下爬出罐子。他气极了,跑到院子里。揭开一个油罐,一股浓烈的油味扑鼻而来,他很惊愕,伸手摸了摸,竟然摸到一具焦黑的尸体。他又打开第二个、第三个……直至最后一个油罐。他的手下们居然一个个都死了,他气急败坏,搞不清楚到底是怎么回事,一时失去了理智,疯疯癫癫地向山里跑去。

第二天清早,阿里巴巴起床后,一直不见客人,心里很奇怪,便问他的女仆:"我们的客人去了哪里啊?"麦尔佳娜说:"他哪里是什么油商,分明是强盗头领假扮的,是来取我们性命的!"

阿里巴巴满脸怀疑,十分不解,见他大惑不解的神情,麦尔佳娜把他带到油罐前说:"你打开看看,就知道了!"

阿里巴巴打开油罐一看,一具焦黑的尸体正藏在油罐里,受了惊吓的他连连后退。麦尔佳娜说:"别怕,他们都已经死了。"接着,她向阿里巴巴讲述了烫死强盗们的经过。

阿里巴巴听后,高兴地竖起大拇指,连连赞赏麦尔佳娜的机智和勇敢。麦尔佳娜说:"没什么,这是我应该做的!"随后又说:"我们快把这些尸体埋掉,以免秘密泄露出去。"

于是,阿里巴巴带领一群仆人来到后花园,挖了一个大坑,把三十七个强盗的尸体扔了进去,然后用土将他们掩埋,最后再将地面弄平,把现场恢复成之前什么都没发生的样子。

(三)强盗复仇

强盗头领一路奔回去,回到丛林中,钻进了山洞。他每日在山洞里号啕大哭,他不敢相信自己绝妙的主意到头来会功亏一篑,也不敢相信自己的三十七个手下一夜之间都变成了焦黑的尸体,气愤至极的他整日里疯疯癫癫、顿足捶胸,打自己的脸颊,揪自己的头发。即便如此,他那满腔的愤恨也无从发泄。几个月过去了,他的悲哀和愤怒有增无减,有一天,他突然觉醒了,他知道自己这样发疯下去没有任何意义,只有报了仇才能一雪前耻。于是他绞尽脑汁,终于想出了一个报仇雪恨的办法。

他又将自己装扮成一个商人,自以为天衣无缝之后,他来到了城里的一家旅店。

他想阿里巴巴一夜之间杀死这么多人,一定会弄得满城风雨,街知巷闻,法官一定会把他关进监狱,那样的话,他的财产也一定会被没收。于是他向旅店的老板打听道:"最近城里有什么轰动的大事?"

旅店老板把这里发生的事都告诉了强盗头领,他认为这些事非常让人震惊,头领听后非常失望,因为没有一件是他所预想的。同时他又暗暗感到奇怪:一下子死这么多人,怎么这里居然没有人发现呢?一定是那个阿里巴巴太狡猾、太机警了。看来,我报仇一定不能心急,得想一个十分可靠的办法才行。

最后，他决定在阿里巴巴的侄子小卡希穆身上打主意。自从卡希穆死后，他的商店就由他儿子继承了。小卡希穆活泼热情，交际广泛。强盗头领在商店的附近租了一家店铺，做起买卖来。他慷慨大方，热情好客，博得了顾客们的尊敬，而且他对小卡希穆尤其热情，经常送给他礼物。很快，他就和小卡希穆混熟了。有一天，小卡希穆邀他到家里做客，阿里巴巴一点也没有认出这个强盗头子，还以为他真是侄子的朋友，就以非常热情的方式来招待他。

阿里巴巴吩咐麦尔佳娜准备食物，麦尔佳娜刚端来上等佳肴，客人一见却托辞要走。

"你有什么事吗？一起吃点东西再走吧。"阿里巴巴热情地说。

"最近我身体不好，大夫嘱咐我不能吃放盐的菜。"（阿拉伯人有一个风俗，和主人在一起吃了盐，客人便不能做对不起主人的事。）

"这人是谁？为什么不吃盐？"机灵的麦尔佳娜立刻警觉起来。

阿里巴巴于是吩咐麦尔佳娜上无盐的菜。麦尔佳娜借着上菜的机会，偷偷地瞥了客人一眼，看见他长袍下露着一把寒光闪闪的匕首。麦尔佳娜不禁心中起疑。趁着斟酒时，她又仔细地打量了一下那个客人，终于认出了那个客人的真面目。

"原来他是那个强盗假扮的！看来，今天不把这个恶人除掉，我们的日子就永远不得安宁。我一定要趁着这个机会杀死他！"

聪明的麦尔佳娜不动声色地回到自己的房间，等到她再次走进客厅时，已经换上一套鲜艳的舞服，一块漂亮纱巾披在她乌黑的长发后边，一方半透明的面纱遮住她的半张脸，一条彩色腰带系在腰上，腰带上插了一把镶着宝石的匕首。她上前，深深鞠了一躬，请求阿里巴巴准许她跳舞为客人助兴。

"好吧，"阿里巴巴欣然同意，"那就让我们的客人欣赏一下你的舞姿。"

麦尔佳娜步态轻盈地舞起来。强盗头子并不懂得欣赏这舞蹈，但仍然装出一副很享受的样子。

　　麦尔佳娜舞了一会儿,突然从腰间拔出匕首,快速地旋转起来,她的动作轻快优美,一会旋转到这一边,一会又旋转到另一边。最后,她停止了旋转,按喜庆场合的惯例,手拿一只小鼓,走到在座的每人面前讨赏钱。

　　她首先走到主人面前,阿里巴巴把一枚金币扔在小鼓上。接着她又走到小卡希穆面前,他也扔给她一枚金币。最后她来到强盗头领跟前。正当强盗头领笑着准备从他的长袍里掏取钱袋的时候,麦尔佳娜猝不及防地将匕首狠狠地插入了他的心脏。强盗头领顿时被刺死了,他到死也不知道发生了什么事。

　　阿里巴巴大惊失色:"你都干了些什么?你把我们的客人杀死了。"小卡希穆也生气地望着麦尔佳娜。"主人,是我救了你们的命!"麦尔佳娜不慌不忙地说。说完,她一把掀开客人的长袍,露出里面暗藏的匕首。"仔细看看他是谁吧!"

　　阿里巴巴仔细端详着眼前的人,突然想起他是强盗头领。他感激地望着麦尔佳娜说:

　　"你两次从强盗手中救了我的性命,你是我的大恩人,我一定要好好地报答你。我宣布,从现在起,你不再是我们家的仆人了,你恢复自由之身了。"

　　接着阿里巴巴又说:"你是一个聪明、勇敢、机智、能干的姑娘,我十分欣赏你,我希望我侄子娶你做妻子,永远分享我家的财富,你愿意吗?"

　　麦尔佳娜点头同意了,小卡希穆也欣然接受了叔父的建议。

　　接着,他们三个齐心协力,动手掩埋了强盗头领的尸体。此事没有一个外人知道。

　　阿里巴巴挑选了一个良辰吉日,为侄子和麦尔佳娜举行了十分盛大的婚礼。

后来，阿里巴巴把山洞里所有的宝物都悄悄搬回家里，这些宝物原本是强盗搜刮百姓得来的，现在阿里巴巴又将它们全部分给了那些穷苦的人们。从此，人们都过上了幸福的生活。

麦尔佳娜依靠自己的聪明帮助阿里巴巴彻底消灭了强盗。麦尔佳娜的确聪明，她能想到许多办法去对付强盗。我们不仅要学习她的聪明才智更应该学习她善于观察、遇事镇定、冷静对待的办事风格。

被生活历练的女英雄

古希腊有一个叫阿塔兰特的女英雄,她有着坎坷而离奇的人生。

阿塔兰特本来是阿卡迪亚国国王的女儿,在她刚出生时,重男轻女思想非常严重的父亲便把她扔到了野外。

当时,一只正在寻找幼子的母熊救了还在襁褓中的她,并且用自己的乳汁把她养大。

阿塔兰特在熊乳的哺育下健康地成长。尽管皮肤黝黑,可她长得仍然像月亮女神一样美。

她性格爽朗,具有男孩子的豪气。十几年的山林生活练就了她果敢坚毅的性格和敏捷利落的身手。她以弓箭和猎枪为伴,终日沉浸在打猎的乐趣中。

一次,在山林中,阿塔兰特碰到了两个人头马身的妖怪,她的美貌深深吸引了这两个妖怪,于是这两个妖怪就想把她抢走,想逼她和他们成亲。

只见阿塔兰特举弓搭箭,同时将他们射死。

过了一段时间,得知了自己身世的阿塔兰特走出了山林,回到了她父亲的身边。

那年,一头巨大的野猪出现在了附近的卡吕冬国。青面獠牙、皮糙肉厚、非常残暴的它每到一处,便会毁坏一大片庄稼,当地的牧民和猎狗都不是它的对手,只能远远地躲开。

苦不堪言而又实在没有办法的人民,被逼无奈,向阿卡迪亚国国王寻求解决的办法。

对于这么一个怪物,很多人都束手无策。这时,王子墨勒阿革洛斯主动请缨,遍约希腊有名的勇士一起捕杀野猪,这其中自然少不了阿塔兰特。

一头飘逸的长发扎在脑后,骑着骏马,背着弓箭的阿塔兰特俨然一位英俊的美男子。墨勒阿革洛斯看到,不由感叹道:"若能娶得到她,该是多大的福气啊!"

勇士们穿过密林,长途跋涉,终于来到了野猪休息的地方。大家又是挖陷阱,又是找线索,各显神通,各尽所能。

一天,他们随着野猪的足迹来到了一处草木茂盛的深谷中。他们先放出最勇猛的猎犬逼出了野猪,接着又向野猪投去了飞镖和猎枪。

野猪被激怒了,它恼怒地的向人群冲了过来。阿塔兰特举箭便射,一箭射中了野猪的脖子,血像泉水一样从野猪的脖子流了出来。阿塔兰特的勇敢感染了在场的每一位勇士,他们也都纷纷向野猪冲去。其中一个人被野猪的獠牙掀翻在地,命在旦夕。

墨勒阿革洛斯急忙掷出标枪,正好插在野猪的后背上,野猪口吐鲜血,原地打转。

墨勒阿革洛斯立刻冲了上去,一枪向野猪的后颈刺去。所有的人一拥而上,把野猪刺得体无完肤。

终于,野猪死了,众人都松了一口气。王子墨勒阿革洛斯走到阿塔兰特身边说:"猎物归你了。这个荣誉你当之无愧。"

于是,阿塔兰特成了大家心目中的英雄,在百姓的欢呼声中离开了卡吕冬国。

回到阿卡迪亚国后,阿塔兰特的父亲觉得她到了成亲的年龄,便计划给她找个合适的人结婚。

可是阿塔兰特却不这样认为,她想让求亲的人知难而退,就想了一个办法:与求婚者赛跑,赢了她才可以娶她,输了的要被处死。可惜阿塔

Chapter2 第二章
外国神话故事

兰特的魅力太大了,以致于很多人冒着生命危险前来求婚,结果都丢了性命。

赛场的观众席上,有一个名叫希波墨涅斯的英俊男子,开始的时候他很不理解那些人的行为,觉得那些人太过荒唐。

可是当他看到阿塔兰特的时候,他立刻明白了那些人为什么如此奋不顾身了。

看着看着,希波墨涅斯终于忍不住了,他走到阿塔兰特身边,用带有磁性的声音对她说:"阿塔兰特,赢了那些无名小卒太容易了,我们来比试一下吧。"看着眼前这个英俊的男子,阿塔兰特动心了,她动情地说:"您这么年轻英俊,为了我死去太可惜了,您还是改变主意吧。我实在不想让您死去。"

希波墨涅斯没有按她说的话来做,只是跪在赛场上开始祈祷:"尊敬的爱神,你既然指引我们相遇,就帮帮我吧。"阿佛洛狄忒爱神听到了他的心声,决定帮助他赢得比赛。

她来到塞浦路斯爱神神庙花园,找到一株金苹果树,摘下三个金苹果。

她来到赛场,用法术掩盖了所有人的耳目,把金苹果交给了希波墨涅斯,并教他金苹果的使用方法。

比赛开始了,二人飞快地奔跑着,双方箭一样地飞过草地。可是,身体健壮的希波墨涅斯同样不是阿塔兰特的对手,阿塔兰特很快就要超过他了,他连忙按照爱神的指示把一个金苹果扔到了地上。

金苹果诱人的光泽立刻吸引了阿塔兰特,她禁不住诱惑,跑过去捡起了苹果。

这时希波墨涅斯飞快地超过了她,阿塔兰特加快了脚步,在她快赶上希波墨涅斯的时侯,希波墨涅斯赶快扔下了第二个苹果,阿塔兰特低头捡拾金苹果时,希波墨涅斯又趁机超过了她。阿塔兰特再一次加快脚步赶上了希波墨涅斯。当第三个金苹果抛出后,阿塔兰特还没拾起,希

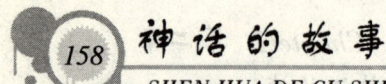

波墨涅斯就跑到了终点。赛场上掌声、欢呼声四起。希波墨涅斯在爱神的帮助下终于赢得了比赛。

希波墨涅斯终于如愿以偿娶到了美丽勇敢的阿塔兰特,他们从此开始了幸福美满的生活。

故事主人公阿塔兰特虽说一出生就被抛弃,在山林中吃尽了苦头。但正是这样的生活经历练就了她一身的本领,成就了她的英雄传奇。最终,她也过上了幸福的生活。故事是虚构的,道理却是实在的。这就告诉我们,艰难的环境并不可怕,它能磨炼一个人的意志,教会你如何正确的生活。

第三章　孩子最喜欢的神话
Chapter 3

　　神话的产生和原始人类为了自身生存而进行的同大自然的斗争结合在一起。原始人对客观世界的认识,也处于极为幼稚的阶段。一切自然现象,都和原始人类的生产、生活有密切关系,他们迫切地希望认识自然,于是便以自身为依据,想象天地万物都和人一样,有着生命、意志的。原始人不想屈服,与大自然展开了不懈的斗争,一心渴望认识自然、征服自然,减轻劳动,保障生活。他们把这一意志和愿望通过不自觉的想象化为具体的形象和生动的情节,于是便有了神话的产生。

状元亭

从前,有一个张秀才带着书童上京去应考。走到一个山嘴岔路时,他叫书童去问路。这时他惊奇地发现溪边路亭的梁上倒挂着一只团鱼,头一伸一缩地挣扎着。他一时好奇,便伸手捏牢穿在团鱼甲缘上的草藤,拿下团鱼,哪知一松手,那团鱼却逃到了溪里。

书童说:"这是山里人捉来挂在梁上的,等干完农活儿准备带回家吃的,他们如果知道此事,一定会要你赔的。"秀才听了,忙从书箱里拿出一尾准备在路上吃的黄鱼鲞,挂在原来那根梁上,当作赔偿。

黄昏时,山里人来到路亭,发现梁上的团鱼竟被换成了黄鱼鲞,就把鱼鲞带回了家。

邻居们猜想这尾鱼鲞一定是神,他们怕得罪神明,招来祸事,就又把这尾黄鱼鲞送回路亭挂了起来。可是第二日,这尾黄鱼鲞却不知去向,于是人们开始了种种不好的预测。

其实是那日夜里,挂鱼鲞的稻草绳凑巧被老鼠咬断,于是鱼鲞掉下来被野狗吃了。

神变鱼鲞的消息不胫而走,没多久,很多人都前来这路亭烧香许愿。几个财主也带头募来一大笔钱,拆去路亭,造起一座"鱼鲞神庙",大殿正中塑了一尊鱼头人身、全身描金的鱼鲞爷神像。

而那张秀才上京应试,得中头名状元。三年后,他回家探亲,路经那山口时,却不见当年供人躲雨歇脚的路亭,只见一座新造的殿,匾额题着"鱼鲞神庙"四个大字。他很奇怪,一问,才知道该庙兴建的缘由。

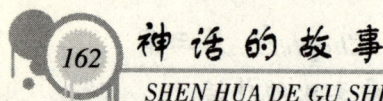

状元大笑起来,就把此前团鱼怎么逃掉和挂鱼鲞的经过向大家讲了。大家听了状元的话,才确信无疑。从此再也无人来烧香点烛了。山里人索性把这座神庙重新改成路亭,取名"状元亭"。

　　这个故事写了张秀才上京赶考途中的一个经历,由于人们不知道为什么团鱼会变成黄鱼鲞,就觉得肯定是有神明在。神变鱼鲞的消息不胫而走,开始大肆建庙烧香供奉,但是当张秀才把事情的真相说出来以后,人们再也不烧香了。从这个故事中我们要明白当事情的真相没弄明白之前,除非是自己亲眼所见,否则不要一味的听别人说什么就是什么,要有自己的判断力,更不要做一个谣言的传播者。

Chapter3 第三章
孩子最喜欢的神话

火神祝融

祝融是我国广泛祭祀的火神。他是黄帝时候的火正官,小时候他的名字不叫祝融,而叫黎,是一个氏族首领的儿子。也许他天生就是火神,祝融的脸膛红红地,像火一样的颜色,身材也很魁梧,对周围的事物,常常显出一副聚精会神的样子,好像脑子里装着解不清的疑问似地。祝融虽然聪明伶俐,但是性格过于暴躁,只要遇到不顺心的事就会火冒三丈,有时甚至也会无缘无故动怒发火。

祝融出生的时候,燧人氏早已发明了钻木取火,人们已经懂得怎样用火,但是还不能很好地保存火种。

祝融因为从小就特别喜欢火,时常尝试各种把火保存得更久的办法,所以等到他十几岁的时候,就成了一个钻木取火的高手,特别是一个保管火的高手。

一点小火星到他的手里就能变成燎原的大火,火在他的手里,不仅能进行长途传递,还能够长久地保存。他除了用火来烧饭烧菜之外,还用火来取暖,用火来照明,用火来驱逐野兽和驱赶蚊蝇,把火的用途大大地拓宽了,因而也使火的取得和保管变得更加重要。能够有这样的本领,这在当时是很了不起的事。

但是,祝融获得这方面的本领,也是来之不易的。那时候,氏族部落经常要迁徙,这就使火的携带以及火的取得变得尤为重要。

有一次,祝融所处的部落经过长途跋涉,最后在一个水草丰茂的地方停了下来。族人就地准备生火做饭,祝融便拿出自己随身带着的尖石头来钻木取火。他坐在一根大筒木上,呼哧呼哧地钻起火来……可是钻了半天,这根筒木连烟都没有冒出来。祝融很生气,心里很不高兴,本想不钻了。但是没有火怎么能行?他口里喘着粗气,继续钻呀钻,又钻了几个时辰,烟倒是钻出来了,就是生不出火来,他的脸也被这烟熏得黑红黑红的了。

他再也没有什么耐性了,拿起那起烟的筒木就砸成了几截。那个他用来钻木的石头也被他狠命地朝一块大石头掷去。谁知这个被他钻得很热的石头一碰到大石头就冒出一连串耀眼的火星。聪明的祝融受到了启发,便采来了一些很干极容易着火的芦花,用两块石头靠近芦花,然后接连不停地敲击。很快,碰撞的火星溅到芦花上,便把芦花点着了,再轻轻地一吹,火苗就旺旺地烧了起来。这种取火的方法比钻木取火轻松多了,而且很容易成功。

自从祝融发明这种取火的方法之后,人们就再也不必费很大的工夫去钻木取火了,也用不着千方百计为保管火种而发愁了。也就在这个时候,中原的天帝黄帝知道祝融这样聪明能干,就把他请了去,封他为专门保管火的火正官,并给他取名为"祝融"。"祝"的意思是持久,"融"是光明,就是永久光明的意思。后来,黄帝跟蚩尤打仗,祝融帮助黄帝,利用他发明的火攻的战斗方法,把蚩尤的部队烧得焦头烂额,慌忙败走。祝融也因此立下了大功,得到黄帝的重重赏赐,成了非常重要的南方火神。

祝融成了黄帝的重臣之后,时常跟随黄帝出游。有一次,祝融跟随黄帝来到云梦泽南边的群山之中。黄帝指着一座最高的山峰问祝融:"那座山有没有名字,如有又叫什么,你能不能告诉我?""这是衡山,是南方的神山",祝融不慌不忙地回答。"这山的来历又是怎样的呀?"黄帝又问道。祝融答道:"上古的时候,天地混沌一片,就像一个大鸡蛋。巨人盘古氏开天辟地,世上才有了生灵。他活了一万八千年之后,躺在中原大地上死去了,他的头部朝东,变成了泰山;脚趾在西,变成了华山;

腹部凸起,变成了嵩山;右手朝北,变成了恒山;左手朝南,就变成了眼前的衡山。"

黄帝接着又问:"人们为什么要叫它衡山呢?"祝融立刻回答:"这座山处在云梦泽与九嶷山之间,就像秤杆一样,起着平衡天地的作用,又用以衡量帝王道德的高下,因而人们就叫它'衡山'了。"

黄帝见祝融有理有据,对答如流,心里非常高兴,就笑呵呵地对他说:"真不错,你这样熟悉天下的事情,尤其对南方的事务如此了解,真能担当大任,是不可多得的人才!"但是黄帝并不说到底委以祝融什么样的大任。

黄帝一路游玩,不觉登上了衡山的最高峰,并在这里接受南方各个部落首领的朝拜。大家聚集在一起,都非常高兴,个个感恩黄帝的英明与治国有方。

祝融一时间也抑制不住心中的喜悦,弹奏起了黄帝编的曲子——《咸池之乐》。这曲子旋律优美,音韵悠扬婉转,很多人一下子就被吸引住了。这时,黄帝的爱妃螺祖踏着节奏的拍子,欢快地跳起舞来。大家见如此,也都情不自禁地围着黄帝跳了起来,痛痛快快地跳了起来。

黄帝也很高兴,等大家酣畅淋漓之后,便叫大家静下来说:"有皇天保佑,托众神的福,自我得位以来,平定了榆罔,擒杀了蚩尤,制定了历法,协定了音律,编订了内经,又有螺祖育蚕理丝,定制衣裳。现在天下太平,四民臣服,人民安居乐业,是该祭奠五岳的时候了:泰山为东岳,定五岳之首,西岳为华山,南岳为衡山,北岳为恒山,中岳为嵩山。我们现在已在南岳之巅,火正官祝融德才兼备,对世人贡献很大,就让祝融镇守南方衡山……"

大家听了黄帝的圣言,都高声欢呼!祝融这才知道,黄帝说的要委以他重任就是让他镇守南方。

祝融镇守南方之后,给这里带来了火种。他教当地的人们取火,告诉他们用松节油照明。他看到这里瘴气很重,蚊蝇太多,百姓因此经常

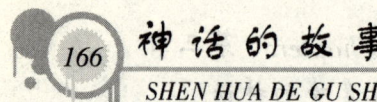

生病,就告诉他们点火熏烟,把蚊蝇赶走,把瘴气驱散,很快减轻了人们的疾苦,百姓也就更加尊敬他了。祝融的功德受到上天的感召,被上天封为火神,地位得到进一步提高。

　　火神是中国神话中、民间俗神信仰中的神祇之一,中华各民族都有火神祭祀的风俗。但是,汉族古史记载和各民族传说中的火神形象和来历行事差异甚大,相关的信仰民俗也有不少区别。在尊重火给人间带来恩惠的同时,人们又把森林草场的火灾以及病人发烧、小儿梦魇等疾病视为火神发怒的结果,愈是对它崇敬,也就愈发畏惧它对人的惩罚报复。因而火神远比其他自然神更经常受到崇敬和供奉。

祝融胜共工

远古时代,世上一片荒凉,只有许多森林,人们连毛带血地吞吃着打猎得来的禽兽。这时,昆仑山上有一座光明宫,光明宫里住着一位火神,名叫祝融。

祝融很慈祥,很有同情心,看到人们生吃禽兽,就传下火种,教给人们用火的方法。

人们从光明宫里取来火种,把打来的野兽放在火上烤熟了再吃,这样不仅好吃,而且也能不生病,所以,大家非常崇拜火神祝融。

这样一来,便触怒了水神共工。共工住在东海里,性情很暴虐。他说:"世人真可恶,水与火都是人生活需要的东西,为什么光敬火神不敬我水神呢?"他由气愤转为嫉妒,最后终于和火神打斗起来。

那共工率领着水族,向祝融居住的光明宫进攻,把光明宫周围常年不熄的神火弄灭了,搞得大地上一片漆黑。这一下把火神祝融惹怒了,他驾着一条火龙出来迎战,那火龙全身发光、烈焰腾空,把大地照得通明,光明宫里的神火又复燃了。

水神共工没有能扑灭神火,便恼羞成怒,调来了五湖四海的大水,漫到山上,直往祝融和他骑的火龙泼去。可是,水往低处流,大水一退,神火又燃烧起来。

祝融骑着那条火龙,便烈焰腾腾直向共工扑去,长长的火舌,把共工烧得焦头烂额。共工抵挡不住,退到大海里,祝融骑着火龙直冲大海;共工慌忙又逃到天边,回头看看,祝融已追上来了,便一头撞在不周山上,

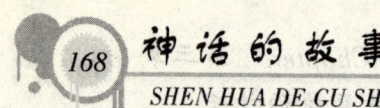

只听轰隆隆一声巨响,不周山竟被他拦腰撞倒了。那不周山原是根顶天的柱子,上端顶着天河,山一倒,天塌了个窟窿,天河里的水哗啦啦流到地上,这样一来,人间从此就有了大灾害了。

　　祝融是中国神话传说中的火神;共工是中国古代神话传说中的水神。传说在洪荒时代,水神共工和火神祝融因故吵架而大打出手,最后祝融打败了共工,水神共工因打输而羞愤的朝西方的不周山撞去,哪知那不周山是撑天的柱子,不周山崩裂了,撑支天地之间的大柱断折了,天倒下了半边,出现了一个大窟窿,地也陷成一道道大裂纹。然后有了"女娲补天"。

鲤鱼跳龙门

庙峡，又名妙峡。两座巍峨雄奇的凤凰大山，拔水擎天，夹江而立，引人入胜的鲤鱼跳龙门，活灵活现，雄奇壮观。进入峡谷，两山雄峙，悬崖叠垒，峭壁峥嵘，壁峰刺天；奇特的岩花，依壁竞开，把峡谷装缀成仙境一般。这个神奇美妙的峡谷，流传着一个优美动人的故事。

在很早以前，龙溪河畔的乡民，男耕女织，过着安居乐业的美满生活。一年，不知从哪儿飞来一条大黄孽龙，作恶多端。它不是呼风唤雨破坏庄稼，就是吞云吐雾残害生灵，把整个峡谷搞得乌烟瘴气，不得安宁。每年六月六日它的生日这天，更是强迫人们献上一对童男童女和十头大黄牛，一百头猪、羊等物供它享用。如若不然，它就发怒作恶，张开血盆大口，窜上村庄吞噬人畜，破坏田园，害得宁河黎民怨声载道，叫苦连天。

峡口龙溪镇上，有一位聪明俊美的小姑娘，名叫玉姑，她下决心，非除掉这条恶龙不可。有几次，她登上云台观去找云台仙子求救，都未找着。她仍不灰心，继续去找。这天清晨，她登上云台观，仙子被玉姑心诚志坚的精神感动了，就出现在她眼前，向她指点说："离这儿千里之外有个鲤鱼洞，你可前去会见一位鲤鱼仙子，她定能相助于你。"

玉姑辞别云台仙子，跋山涉水，历尽千辛万苦，来到鲤鱼洞中，找到鲤鱼仙子，说明来意。鲤鱼仙子对玉姑说："你想为民除害，这是件大好事，可是必须牺牲你自己啊！你能这样做吗？"玉姑毫不犹豫地说："只要是为乡亲们除害，消灭那恶龙，哪怕是上刀山，下火海，粉身碎骨我也心甘！"鲤鱼仙子见玉姑这样诚恳坚决，十分满意地点了点头，朝玉姑喷了三口白泉，她顿时变成了一条美丽刚劲的红鲤鱼。

小红鲤逆江而上，经过七七四十九天，游回家乡。这天正是六月六日清晨，她摇身变还原貌，见乡亲们已准备就绪：一对童男童女，十头大黄牛，一百头肥羊肥猪。人们敲锣打鼓，宛如一条长龙向祭黄龙的峡口走来，前面那一对身着红衣红裙的童男童女，早已哭成泪人了。

黄龙见百姓送到盛餐佳肴，早已垂涎三尺，得意地张开大口。就在这千钧一发之时，玉姑抢先上前，拦住父老乡亲们说道："大家在此暂停等着，让我前去收拾这个害人精。"话刚说完，只见玉姑纵身跳下水中，霎时变成一条大红鲤鱼，腾空飞跃，直朝恶龙口中冲去，一下窜进它的肚中，东刺西戳，把龙的五脏六腑捣得稀烂，恶龙拼命挣扎，浑身翻滚，但无济于事，终于被玉姑杀死了。可是，玉姑自己也葬身在黄龙腹中。从此，宁河人民又过着安居乐业的日子。人们为了缅怀玉姑为民除害，在峡口半山腰修起了一座鲤鱼庙。至今在宁河一带，还广为流传着鲤鱼跳龙门的故事。

这个故事告诉我们九十九次失败并不可怕，可怕的是不敢做第一百次尝试，而成功往往就在"下一次"。每次失败都是通往成功的阶梯。任何成功都是以往失败积累的结果。所以，我们要坚持一贯的目标，即使前方困难重重，也要坚持不懈，我们就终有一天能达到成功的彼岸。

巫山神女

　　神女瑶姬，是王母娘娘的第二十三个女儿，她心地纯洁，相貌美丽。王母娘娘特别疼爱，把她当成一颗掌上明珠。可是，瑶姬偏偏人小心大，多思好动，就像云中的雁，关不住。她嫌屋里闷，常悄悄出门，到那瑶池旁去看荷花，攀上蟠桃树去摘星星，有时候，还偷偷在天河里游水呢。这些事传到了王母娘娘耳朵里。王母娘娘就劝阻女儿，可又没办法，怕说轻了，她笑；说重了，她噘嘴。

　　一天，王母娘娘心里烦，就出南天门来散心，恰好碰上瑶姬正拨开白云朝下边望哩。王母娘娘一见，气得直冒火，说："天上任你玩，也就算了，怎么看起下界来，那会污了你的眼，别看！"

　　瑶姬不信，瞪起大眼，指着下边飞的白鹤说："这鹤洁白如玉，天上哪有？我要像它一样，到处飞，到处走，看看下界到底是什么样子？"

　　王母娘娘见她动了邪念，更火了，大声喝道："不要胡思乱想，快回禁宫去！"瑶姬从没见过妈妈发这么大脾气，感到委屈，又不服气，她横下心，往白云下边就跳。王母娘娘急忙伸手把她拉住，勉强压住心头火，将冷脸换成热脸，开导说："下界苦海无边，你是金枝玉叶，千万下去不得！"

　　瑶姬越发觉得稀奇，就干脆坐在云头上，朝下细看，果然看见人们大多是住的茅屋，吃的糠菜，穿的破衣烂衫。她叹气说："是真苦啊！"

　　王母娘娘一听，暗暗高兴，又说："还是天上好，有吃不完的山珍海味，穿不完的绫罗绸缎……"

　　不料王母娘娘越说，瑶姬却越觉得刺耳；王母娘娘越比，瑶姬越不好受。她一狠心,拿定了主意:到下界去!王母娘娘扭她不过,心想:男大当婚,女大当嫁,也许是想去找女婿哩,不妨将计就计。于是,就嘱咐女儿到东海龙宫去走一趟。东海龙王早就打过瑶姬的主意,也向王母娘娘求过婚。只是当时瑶姬还小,没有说定。眼下见她来作客,格外殷勤。

东海龙王陪着瑶姬进龙宫,走到哪里,哪里的海水就向两边分开,成了水晶巷子,通明透亮,看得见里边的鱼虾游来游去,水草轻轻的摆动;还有各种珊瑚、贝壳,把瑶姬的眼睛都看花了。进了后宫,她觉得格外亮,原来到处挂着夜明珠,一串串,一溜溜,小的像星星,大的像月亮。东海龙王请瑶姬坐进黄金交椅,让人把琼浆玉液放在玛瑙桌上。他亲自斟酒,恭恭敬敬地说:"为仙女接风,请!请!"

瑶姬见座上再没有别人,心里怦怦直跳。东海龙王暗暗靠拢她,献殷勤地说:"门当户对,美女少年,天生的一对儿。王母娘娘让你来,不是明明有意吗?"

瑶姬一听,脸"刷"地红了,晓得是中了圈套,一气之下,离开了龙宫,连天上也不回去了,直奔人间。她来到巫山下,碰上很多的人,拄着讨饭棍,提着破竹篮,挽着老的,背着小的,哭哭啼啼,往外逃难。正想上前打听,忽见上空乌云滚滚,狂风呼啸,有十二条孽龙正在兴风作浪。它们一瞪眼,就是一道闪电,使人的眼睛发花,站不住脚;一声吼叫,就是一声炸雷,使房倒屋塌,村庄成了废墟;一个翻身,就是一阵大暴雨,使山洪暴发,淹没了田地,打翻了行船。瑶姬看着,心想:这不都是东海龙王的属下吗?怎么能这样猖狂,随便害人!

瑶姬赶紧驾云,靠近那些孽龙,好言好语,劝说它们回东海里去。

孽龙听到空中有说话的声音,抬头一看,只见白云驮着一个十七八岁的姑娘。它们说:"黄毛丫头,你懂啥,别多嘴!我们高兴怎么玩,就怎么玩,碍你的什么事?"一边说,一边闹腾得更凶了。

瑶姬再也忍不住了,从头上轻轻拔下了一支碧玉簪,朝着十二条孽龙一挥,一道闪光之后,立刻风停雨住,云散天开,十二条孽龙全死了,坠

Chapter3 第三章
孩子最喜欢的神话

落到地上。

可是孽龙死后还害人,它们的尸体变成了十二座高山,就是巫山,挡住东去的江水,这里便成了一片海洋。百姓们还是不能安居乐业。瑶姬看到百姓受苦,不忍离开他们,也就留下来了。

后来,大禹到这里来劈山开峡。瑶姬知道了,便交给他一本《黄绫宝卷》,教他用锤、钎凿石,造车、船运土。大禹在她的帮助下,带领众人,凿石运土,苦累了几年,到底把三峡开通了,使江水流进了大海。据说现在巫山城外的授书台,就是当年瑶姬授书的地方。

再说,王母娘娘知道瑶姬毁了东海龙王这门亲事,又杀死了十二条孽龙,又气又恨。听说她留在荒山野谷,又是心疼。于是,她把天上的二十二个女儿找到跟前,对她们说:"我想念小闺女,你们快到人间走一遭,把她找回来!"

二十二个姑娘便乘云驾雾来到巫山,找着了瑶姬。姐妹们久别重逢,又是喜,又是悲,个个都成了泪人儿。姐姐们对她说:"妈妈想念妹妹,想得心儿都快碎了,你还是和我们一起回去吧。"

瑶姬说:"女儿望妈妈,眼睛也望穿了。但我不能回去,我要照顾受苦的百姓。"

姐姐们埋怨说:"人往高处走,水向低处流!你怎么不爱天宫、龙宫,偏要呆在这荒山野谷里呢?"

"姐姐,你们看,百姓在受苦,我能忍心走开不管呀!"瑶姬一边说,一边指着远处。只见那山坡上,有虎豹追人,越追越近,快要追到了。瑶姬赶紧弯腰抓到泥沙,撒过去。泥沙变成了几十支箭,把虎豹射死了。看到这,有几个姐姐点了点头,便不再劝瑶姬回去了。

一会,山脚下有人爬上来,一步一哼哼,抬脚像登天,病得快死了。瑶姬马上从头上拔下几根头发,撒在他的面前。头发立刻变成了起死回生的灵芝草,救了他的命。看到这,又有几个姐姐点了点头,不再劝瑶姬回去了。

神话的故事

一会,江里又过来了上水船,纤夫的腰都快弯到了地上。瑶姬慌忙朝西吹了口气。立时刮起了顺帆风,要船飞驰起来。看到这,姐姐们都点了点头,不再劝瑶姬回去了。眼看着姐姐们都体谅了她,瑶姬很高兴,正要劝她们回去,忽见田里的禾苗一片枯黄,不由又皱紧了眉头。瑶姬想,天旱得太厉害了,以后人们的日子怎么过呀?瑶姬想着想着,难过得哭了。流下的眼泪,顿时变成了雨,"哗啦啦,哗啦啦"下个不停,很快就把塘下满了,把堰下平了。禾苗得了雨水,田里又是一片青。

姐姐们都看得眉开眼笑,都纷纷议论起来,有的觉得应该帮助百姓,愿意陪着瑶姬留下来;也有的离不开妈妈,不赞成。瑶姬数了数,一边十一个,正好是对半。她说:"妈妈年纪大了,要照顾;百姓们太苦了,要保佑。姐姐们就一半回天上,一半留人间吧。"

于是,大家高高兴兴地分手了。留下来的是翠屏、朝云、松峦、集仙、聚鹤、净坛、上升、起云、飞凤、圣泉、登龙和瑶姬自己。后来,她们便变成了巫山十二峰。紧临着长江,耸入蓝天的是望霞峰,又叫神女峰。透过缭绕的烟云,可以看到那峰顶上有一个俊秀美丽的影子,若隐若现,像石头又像人,在天上又在人间,那就是神女瑶姬。

纵观巫山神女传说的发展演变,我们不难发现:那披着云霞羽衣,伫立在朝云暮雨、迷离惝恍的巫山十二峰中的神女,是我国漫长封建社会那无爱沙漠中的一泓清泉,一片甘霖,滋润着我们这古老民族在礼教现实的干旱中那干渴的心;她那明媚靓丽、脍炙人口的动人形象,宛如那漫漫长夜中一颗璀璨的晨星,昭示着真善美人性复归的黎明。

孟姜女的传说

相传在秦朝的时候,有一户姓孟的人家,种了一棵瓜,瓜秧顺着墙爬到姜家结了瓜。瓜熟了,一瓜跨两院得分啊!打开一看,里面有个又白又胖的小姑娘,于是就给她起了个名字叫孟姜女。

孟姜女长大成人,方圆十里八里的老乡亲,谁都知道她是个聪明伶俐,又能弹琴、作诗、写文章的好闺女。老俩口更是把她当成掌上明珠。

这时候,秦始皇开始到处抓伕修长城。有一个叫范喜良的公子,是个书生,吓得从家里跑了出来。他跑得口干舌燥,刚想歇脚,找点水喝,忽听见一阵人喊马叫和咚咚的乱跑声。原来这里也正在抓人哩!他来不及跑了,就跳过了旁边一堵垣墙。原来这垣墙里是孟家的后花园。这功夫,恰巧赶上孟姜女跟着丫环出来逛花园。孟姜女冷不丁地看见丝瓜架下藏着一个人,她和丫环刚喊,范喜良就赶忙钻了出来,上前打躬施礼哀告说:"小姐,小姐,别喊,别喊,我是逃难的,快救我一命吧!"

孟姜女一看,范喜良是个白面书生模样,长得挺俊秀,就和丫环回去报告员外去了。老员外在后花园盘问范喜良的家乡住处,姓甚名谁,何以跳墙入院。范喜良一五一十地作了口答。员外见他挺老实,知书达礼,就答应把他暂时藏在家中。范喜良在孟家藏了些日子,老俩口见他一表人材,举止大方,就商量着招他为婿。跟女儿一商量,女儿也同意。给范喜良一提,范公子也乐意,这门亲事就这样定了。

那年月,兵慌马乱,三天两头抓民要夫,定了的亲事,谁家也不总撂着。老俩口一商量,择了个吉日良辰,请来了亲戚朋友。摆了两桌酒席,欢欢喜喜地闹了一天,俩人就拜堂成亲了。常言说:"人有旦夕祸福,天有不测风云"。小俩口成亲还不到三天,突然闯来了一伙衙役,没容分说,就生拉硬扯地把范公子给抓走了!

这一去明明是凶多吉少,孟姜女成天哭啊,盼啊!可是眼巴巴地盼了一年,不光人没有盼到,信儿也没有盼来。孟姜女实实地放心不下,就一连几夜为丈夫赶做寒衣,要亲自去长城寻找丈夫。她爹妈看她那执拗的样子,拦也拦不住,就答应了。孟姜女打整了行装,辞别了二老,踏上了行程,孟姜女一直奔正北走,穿过一道道的山、越过一道道的水。饿了,啃口凉饽饽;渴了,喝口凉水;累了,坐在路边歇歇脚儿。有一天,她问一位打柴的白发老伯伯:"这儿离长城还有多远?"老伯伯说:"在很远很远的地方是幽州,长城还在幽州的北面。"孟姜女心想:"就是长城远在天边,我也要走到天边找我的丈夫!"

孟姜女刮着风也走,下着雨也走。一天,她走到了一个前不着村、后不着店的荒郊野外,天也黑了,人也乏了,就奔破庙去了。破庙挺大,只有半人深的荒草和龇牙咧嘴的神像。她孤零零的一个年轻女子,怕得不得了。可是她也顾不上这些了,找了个旮旯就睡了。夜里她梦见了正在桌前跟着丈夫学书,忽听一阵砸门声,闯进来一帮抓人的衙役。她一下惊醒了,原来是风吹得破庙的门窗在响。她叹了口气,看看天色将明,又背起包裹上路了。

一天,她走得精疲力尽,又觉得浑身发冷。她刚想歇歇脚儿,咕咚一下子就昏倒了。她苏醒过来,才发觉自己是躺在老乡家的热炕头上。房东大娘给她烧汤下面,沏红糖姜水,她千恩万谢,感激不尽。她出了点汗,觉得身子轻了一点,就挣扎着起来继续赶路。房东大娘含着泪花拉着她说:"您大嫂,我知道您找丈夫心切,可您身上热得象火炭一样,我能忍心让您走吗!您大嫂,您再看看您那脚,都成了血疙瘩了,哪还是脚呀!"孟姜女一看自己的脚,可不是成了血疙瘩了。她在老大娘家又住

Chapter3 第三章
孩子最喜欢的神话

了两天,病没好利索就又动身了。老大娘一边掉泪,一边嘴里念道:"这是多好的媳妇呀!老天爷呀,你行行好,让天下的夫妻团聚吧!"孟姜女终于到了修长城的地方。她打问修长城的民工:"您知道范喜良在哪里吗?"打问一个,人家说不知道。再打问一个,人家摇摇头,她不知打问了多少人;才打听到了邻村修长城的民工。邻村的民工热情地领着她找和范喜良一块修长城的民工。

孟姜女问:"各位大哥,你们是和范喜良一块修长城的吗?"

大伙说:"是!"

"范喜良呢"大伙你瞅瞅我,我瞅瞅你。含着泪花谁也不吭声。孟姜女一见这情景,嗡的一声,头发根一乍。她瞪大眼睛急追问:"俺丈夫范喜良呢?"大伙见瞒不过,吞吞吐吐地说:"范喜良上个月就……就……累……累累饿而死了!"

"尸首呢?"

"大伙说:"死的人太多,埋不过来,监工的都叫填到长城里头了!"

大伙话音未落,孟姜女手拍着长城失声痛哭起来。她哭哇,哭哇。只哭得成千上万的民工,个个低头掉泪,只哭得日月无光,天昏地暗,只哭得秋风悲号,海水扬波。正哭着,忽然"哗啦啦"一声巨响,长城象天崩地裂似地一下倒塌了一大段,露出了一堆堆人骨头。那么多的尸骨,哪一个是自己的丈夫呢?她忽地记起了小时听母亲讲过的故事:亲人的骨头能渗进亲人的鲜血。她咬破中指,滴血认尸。她又仔细辨认破烂的衣扣,认出了丈夫的尸骨。孟姜女守着丈关的尸骨,哭得死去活。

正哭着,秦始皇带着大队人马,巡察边墙,从这里路过。

秦始皇听说孟姜女哭倒了城墙,立刻火冒三丈,暴跳如雷。他率领三军来到角山之下,要亲自处置孟姜女。可是他一见孟姜女年轻漂亮,眉清目秀,如花似玉,就要霸占孟姜女。孟姜女哪里肯依呢!秦始皇派了几个老婆婆去劝说,又派中书令赵高带着凤冠霞帔去劝说,孟姜女死

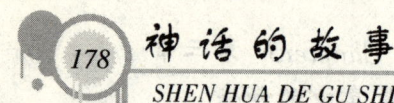

也不从。最后,秦始皇亲自出面。

孟姜女一见秦始皇,恨不得一头撞死在这个无道的暴君前。但她转念一想,丈夫的怨仇未报,黎民的怨仇没伸,怎能白白地死去呢!她强忍着愤怒听秦始皇胡言乱语。秦始皇见她不吭声,以为她是愿意了,就更加眉飞色舞地说上劲了:"你开口吧!只要依从了我,你要什么我给你什么,金山银山都行!"

孟姜女说:"金山银山我不要,要我依从,只要你答应三件事!"

秦始皇说:"慢说三件,就是三十件也依你。你说,这头一件!"

孟姜女说:"头一件,得给我丈夫立碑、修坟,用檀木棺椁装殓。"

秦始皇一听说:"好说,好说,应你这一件。快说第二件!"

"这第二件,要你给我丈夫披麻戴孝,打幡抱罐,跟在灵车后面,率领着文武百官哭着送葬。"

秦始皇一听,这怎么能行!我堂堂一个皇帝,岂能给一个小民送葬呀!"这件不行,你说第三件吧!"

孟姜女说:"第二件不行,就没有第三件!"

秦始皇一看这架式,不答应吧,眼看着到嘴的肥肉摸不着吃;答应吧,岂不让天下的人耻笑。又一想:管它耻笑不耻笑,再说谁敢耻笑我,就宰了他。想到这儿他说:"好!我答应你第二件。快说第三件吧!"

孟姜女说:"第三件,我要逛三天大海。"

秦始皇说:"这个容易!好,这三件都依你!"

秦始皇立刻派人给范喜良立碑、修坟,采购棺椁,准备孝服和招魂的白幡。出殡那天,范喜良的灵车在前,秦始皇紧跟在后,披着麻、戴着孝,真当了孝子了。赶到发丧完了,孟姜女跟秦始皇说:"咱们游海去吧,游完好成亲。"秦始皇可真乐坏了。正美得不知如何是好,忽听"扑通"一声,孟姜女纵身跳海了!

秦始皇一见急了:"快,快,赶快给我下海打捞。"

打捞的人刚一下海,大海就"哗——哗——"地掀起了滔天大浪。

Chapter3 第三章　孩子最喜欢的神话

打捞的人见势不妙,急忙上船。这大浪怎么来得这么巧呢?原来,龙王爷和龙女都同情孟姜女,一见她跳海就赶紧把她接到龙宫。随后,命令虾兵蟹将,掀起了狂风巨浪。秦始皇幸亏逃得快,要不就被卷到大海里去了。

读后感悟

　　这是一个凄美的爱情故事,不知多少人为之感动流泪。孟姜女在长城边的痛哭,感动了上天哭塌了长城,最终她找到了夫君的尸体。这也说明了只要有信心,很多看起来不可能的事情都可以做到。同时从故事中我们也可以看到秦始皇时期的劳役制度的残酷以及他们夫妻之间的深厚感情,从侧面反映了秦国的百姓生活在水深火热之中。

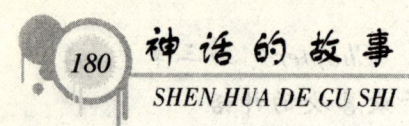

刘海戏金蟾

很早以前,在黄山脚下的汤口村住着一位姓刘的老农,夫妻俩只有一个儿子,因为黄山又称黄海,所以他们给儿子取名叫刘海。刘海长大之后,成了一位相貌堂堂一表人才的青年,村里的姑娘都很喜欢他,可是刘海一直都没有找到意中人。

南海龙王有个宠爱的女儿叫巧姑。有一次,巧姑趁龙王外出的机会,变作一只金色的蟾蜍,跃出了桃花溪中的白龙潭。她在美丽的山水间游玩,玩儿得十分高兴,几乎忘了时间。这时,一条水蛇已经偷偷盯住了她。

水蛇悄悄地潜到了水里,向正在一片大荷叶上贪看美景的金蟾游过去。说时迟,那时快,水蛇看准了金蟾没有防备,突然跃出水面,向她狠狠咬了下去。金蟾一回头,看见水蛇尖利的牙齿向自己咬下来,吓得动弹不得。

突然间"啪"的一声,一颗石子打中了水蛇的头。水蛇"扑通"一下跌回了水里,金蟾吓得直发呆。这时一双手轻轻把她从荷叶上托了起来。刘海英俊的面孔和深情的目光一下子印进了龙女巧姑的心里。

从此,巧姑便对刘海念念不忘,茶饭不思。龙王知道了这件事,允许她去见刘海。巧姑兴高采烈地出了龙宫,还是变作金蟾,爬上荷叶,看见刘海正在草地上吹笛子。刘海一抬头,看见这只漂亮的金蟾,就走了过来。金蟾一张嘴,扔给刘海一串金钱。

刘海接住金钱,轻轻一拉串着金钱的丝线,金蟾忽然摇身一变,成了一位漂亮的姑娘,对他羞涩地微笑着。刘海从来没有见过这么美的姑娘,不由得睁大了眼睛。龙女向他表明了心迹,决定要嫁他为妻。从此,两人白头偕老永不分离。

"蟾"古代神话中是吉祥之物,旧时传说金蟾有三足为灵物,古人认为可以致富。所以民间流传有"刘海戏金蟾步步得金钱"之说。刘海戏金蟾演变为钓金蟾,其行为的目的也由除蟾祟演化为获取金钱,刘海遂成一位财神。这位财神爷以其特殊的本领给人间带来金钱,他钓金蟾,金蟾则吐出金钱,金钱又被源源不绝地撒布到人间。民间年画中的刘海是一副欢天喜地的胖小子的模样,袒胸露怀,蓬头赤足,双手舞动一串金钱,正向一仰视的三足金蟾抛去。民间贴这类年画,有祈财求吉之意。刘海形象至今仍以吉祥图案的形式出现在年画、剪纸、枕被、工艺品中。

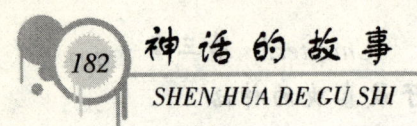

螺女逃婚

漓江右岸的群峰环抱之间,有两座孤峰。高的顶端小而浑圆,好似精工雕琢的头像。整座山峰活象一位端庄贤淑的女子安坐在江边,取名美女峰。

美女峰前面,有一座小山峰,崖壁光洁平滑,恰似安放在少女面前的"铜镜",这两峰连成一景,俗称"美女照镜",也叫"美女梳妆"。

离美女梳妆往下约三百米处,有一座高约百余米的孤山,耸立在漓江边,一道粗大的石纹从山脚盘旋而上,一直绕到山顶,取名"螺蛳山"。从螺蛳山下航约二百米,右岸有一堵庞大的石壁拔江矗立,高达数丈,这就是鲤鱼山。螺蛳、鲤鱼都是住在南海里的,为什么跑到漓江边来安家呢,这还得从嫦娥到南海赴宴说起。

南海龙王三万六千九百岁,请了上界神仙及下界鬼王及四海水族前来喝寿酒。各路客人送去的奇珍异宝,数也数不清。其中嫦娥送的七星玉月,把整个南海照得如同白昼。连玉皇大帝、如来佛祖、太上老君见了都眼馋。嫦娥平日清静惯了,便避开众神,一声不响地跑到南海龙王的花园里散心去了。

嫦娥悠然自得,正观赏花园景色,忽然听到假山后面,传来"嘤嘤"的哭泣声,登上平台一看,发现是一个螺蛳姑娘在掩面悲泣。嫦娥忍不住上前探问,方知原委。原来有一条鲤鱼精,见螺蛳姑娘长得美貌,就欲强行娶她为妾,螺姑不从,被鲤鱼精打得红一块、黄一块,螺姑受不了这般虐待,正准备寻短见呢。嫦娥说:"你这般年轻,不可轻生,让我想办法帮你。"说着,用手一指,将螺姑变成头钗上的一颗珠子。道别龙王,直奔桂林。

来到兴坪,嫦娥对螺姑说:"这里山清水秀,再也不会有强畜欺负你,你就安心在这里生活吧。"从此,螺姑便在漓江里住了下来,自由自在好不快活。日子一久,她发现,兴坪的马颈渡口,一来一往,有大小两条渡船,大渡船是兴坪的大财主刘霸天的,往返载的人多,船跑得快,但漫天要价,老百姓只好忍气吞声。小渡船是一个叫春生的小伙子摆渡的。坐他的船不给钱都无所谓,无奈船小跑得慢,一天也送不了五十个人。众人还得坐刘霸天的大渡船。

久而久之,螺姑爱上了春生。日后只要春生一下河来摆渡,螺姑就把身子附在船底下,推着船儿跑。这下不得了,小渡船象长了翅膀似的在江面上穿行,再也没有人去乘刘霸天的大渡船了。刘霸天气得要死,叫打手们把春生抓起来打个半死,同时把小渡船也烧了。春生没了船,只好改行上山砍柴来卖。

一天他到漓江边洗脸,看到水里有一只又大又光的螺蛳游到他面前。春生爱不释手,捧回家,放养在水缸里。到了晚上,春生正在油灯下念书,突然听到"扑通"一声,水缸盖被掀下地,他一看,只见一个如花似玉的美女从水缸里冒出来。春生吓得连声问:"你是人是鬼?"螺蛳姑娘便把原委道了出来,便愿以身相许,春生爽快地应承了。螺姑把螺壳变成鸡公车,螺盖变成滚刀,来到山上,春生只要滚刀一转,一车柴就砍好了,然后抱上鸡公车,一路下山如履平地。

不久,春生取得美媳妇的事又被刘霸天知道了,还得知春生有两件宝贝。就派打手上山,把春生的鸡公车和滚刀都抢了去。春生回家告诉妻子,螺姑随即念动咒语,两件宝贝又飞了回来。刘霸天的师爷说螺姑是妖婆,叫了先生来驱妖,无奈反被螺姑戏弄一番。

鲤鱼精自从螺姑走后就一直在寻找,终于来到兴坪,发现了螺姑。他一眼看出鸡公车就是螺姑的藏身之壳,便一把抓到手,对螺姑说:"要么跟我回去,要么一死,随你选择。"螺姑说:"我就是死,也不做你的小妾。"鲤鱼精大怒,把螺壳往漓江边一摔,顿时化成石头,同时把螺盖也抛出门外,化成了小石山。螺姑自知难逃,对春生说:"夫君多保重,我去了!"出门一头撞在螺壳盖上,化成了一座美人峰,这便是后来的螺蛳山。

春生怒不可遏,要跟鲤鱼精拚命,周围百姓也拿起锄头,一起围攻鲤鱼精。鲤鱼精生性凶残,一时性起杀得村民七零八落,死伤无数。

鲤鱼精自知罪孽沉重,于是急忙夺路向漓江边奔去。正当鲤鱼精准备跳到漓江里,潜回南海之时,嫦娥刚好闻讯赶到。说时迟,那里快,只见仙姑抬手一剑朝鲤鱼精飞去,鲤鱼精立刻化作石山。

如今你看到的鲤鱼山上的大洞,就是嫦娥当年用剑刺穿而成的哩。

读了这个故事,我们能够很真切的感受到螺姑和春生之间的深厚情感,以及螺姑为了自己的爱情即使牺牲生命也在所不惜。同时我们从故事中也要认识到,做人不能心恶,不要勉强别人做自己不喜欢的事情,否则只能自食恶果。